怪奇小説集

共犯者

遠藤周作

角川文庫
22781

怪奇小説集

共犯者

目次

ジャニーヌ殺害事件

読者の皆さんもそうだろうが、現実には血なまぐさい事件にぶつかると腰をヌかすくせに、探偵小説にかぶれた余り、自分の人生が私立探偵にむいとったのではないかと、ぼくは時々、本気で考えこむことがある。

だがダメだ。去年だったか先輩や友人の作家たちと監察病院を見学したことがある。監察病院とは平たくいえば他殺、自殺——その他もろもろの異常死の死体を解剖する場所だ。我々はそこで、さまざまの自殺、他殺の現場写真を拝見したが、看護婦さんにかかえられながら気つけ薬をしきりに飲まされていたのが探偵小説を書いたと自称する梅崎春生《うめざきはるお》氏で、安岡章太郎《やすおかしようたろう》などは便所に逃げこんだまま一時間も出てこなかったのである。ぼくはこのような醜態は演ぜず、冷静で沈着であったため病院の方たちから「生れながらの医者の資格がある」とホメられたぐらいだが、正直いうと流石《さすが》に、気持がわるくないこともなかった、やはり自分は私立探偵にはむかないとわかった次第だ。

現実には血なまぐさい事件にはぶつかったことはないが、一度ある殺人を身ぢかに体験したことがある。

あれは今から五年前の夏、うだるように暑いリヨンでのことだった。殺された被害者は僅《わず》か八歳の、可愛い、あどけない少女だった。世の中には色々な他殺方法があるが、今、思いだしてもあの事件ほどイヤあな気持のするものは滅多にないと思う。殺しかたはもとより加害者の心理が常識では考えられないほど淫《みだ》らで残忍だった。そんなわけで今日まであの事件については書く気があんまりしなかったのである。

五年前のころ、ぼくは仏蘭西《フランス》のリヨンという街の大学に通っていた。リヨンは巴里《パリ》とマルセイユについで仏蘭西第三の都会であるが、なぜかこの街は昔からフランドルのブルジェと共に欧州でも有名な「悪魔的な都市」として知られている。もちろん、この悪魔的という意味は一寸《ちょっと》やそっとの滞在ではわかりはしない。まひるもひっそりとした裏町や、春になると薔薇《ばら》の花の咲き乱れる郊外にいくと、むしろリヨンは中仏では一番落ちついた、古い都とでもいったくらいだ。

だが、リヨンの不気味さ、暗さを知るためには冬をここで過さねばならない、十月から三月の終りまでリヨンは一日として青空をみない。ひる日中に古綿のような雲が低く重くたれこめて、午後四時になるともう灯をつけねばならぬ。夕暮がくると、きまって北方の沼沢地帯から黄色い霧がしずかに這《は》ってくる。霧は石壁や辻《つじ》を魔物のようになめまわし、深夜には街をすっぽりと包んでしまう。そして夜の街は音もきこえず、死にたくなるほど退屈なのだ。

リヨンが欧州の都会の中でも評判を落したのは「黒ミサ」のためだと思う。霧に包まれたこの街の人は降霊術や占いにひそかに耽《ふけ》る習慣がついたらしいが、中でも「黒ミサ」を行う伝統が二十世紀の今日までも残っているという噂は有名だ。

黒ミサといっても日本人にはピンと来ないが、それは基督教《キリストきょう》のミサにたいして悪魔に捧《ささ》げられるミサのことである。このミサによって信者は悪魔に魂を売る代りに地上での富や幸福をかなえられるという話だ。破戒僧や破門された聖職者たちが中世紀ではこうしたミサをやったのだが、今日でもその後継者がリヨンに住んでいるのである。

黒ミサの司術者は普通、老婆だが、稀《まれ》には若い娘である場合もある（幼女は絶対にいけない）。司術者は背中に面やマスクを背負う。信者はこの祭式にたち合う時、必ず女を同伴しなければならぬ。ただし、その女は姉妹や妻であってはならない。肉親以外の女をつれてこなければならないのである。

黒ミサは悪魔にたいする信仰の誓いから始まるのだが、その誓いがすむと酒盛りをする。酒盛りのあと、信者たちはたがいに背と背とをむけ合って手を背後で組んで乱舞しはじめる。酒によった信者は相手の顔もみえぬまま押しあい、もみあい、時には狂人のように地面に這いころがって、次第に理性を失っていくわけだ。

こうして一同がある群集的な熱狂にとりつかれた頃、祭壇が始めて運ばれてくる。祭壇は生きた女の真白な肉体である。この女の裸体に信者たちはナイフで傷をつけたり、熱い火のしをあてるのだそうだ。血まみれになった女が転げまわり呻《うめ》き声をあげるにしたがって一同の奇怪な興奮は更に烈しくなる……。

この黒ミサのやり方は、ミシュレーの「魔術師考証」という本に書いてあるのを紹介したのだが、勿論《もちろん》、ぼくはリヨンでそんな怖《おそろ》しい場所を探険したことはない。だが留学中、冬がくるたびに、初めはわからなかったリヨンの薄気味わるさが少しずつぼくにも感じられてきた。

まずこの街で起る色々な事件のケースがどうも他の町の出来事とはちがうようだ――朝ごとに新聞を開くたび、ぼくもうすうすわかってきたのである。たとえば同じ殺人でも、他の町での殺人なら刃物でグッサリ、紐《ひも》で首をキュッとしめるという単純な類《たぐい》だろう。けれどもこのリヨンでは毒殺が多いのである。その毒殺も一挙にコロリと殺してしまうのではなく、ジワリジワリと相手の体を弱らせていくために食物に砒《ひ》素《そ》を入れたという事件例を、三年間のリヨン滞在中、ぼくは数度、新聞で読んだ思い出がある。

こんな事件もあった。ある一人のタイピストが許婚者《いいなずけ》の青年の家で死んだ。警官が通告をうけてその家に行くと、娘の屍体《したい》は台所の椅子に横たえられていた。許婚者の青年の話によると、その娘は階段で躓《つまず》いたため地下室に落ちて死んだという。だが屍《しかばね》の手脚には鎖で縛られた傷痕《きずあと》がある。体の各所にも火傷《やけど》のあとが多い。のみならずその体はひどく痩《や》せほそり、あきらかに幾日も食事をとらされなかったらしい。そこで警官はこの娘の死を過失ではなく他殺だと考えた。

事実、この娘は許婚者の青年とその母親とオールドミスの叔母《おば》から鎖で縛られ、食事も与えられず、いじめ殺されたことがあとでわかったのである。

リヨンで起る事件にはなぜこのような頭の痛くなる、残忍なケースが多いのか、この理由は未《いま》だにぼくにはよくわからない。おそらくそれは、あの街の古さと古い息ぐるしさと、それから黄濁した霧のせいかもしれない。今からお話しするジャニーヌ殺害事件もそうしたリヨン的な、あまりにリヨン的な出来事だったのである。

あれは一九五一年の十二月のことだった。その十二月、冬休み前の試験が終ると、ぼくは一年間住みなれた学生寄宿舎を引越してサボア町という裏町に下宿をみつけた。サボア町は街の真中にも大学にも近く、なにかと便利だったからである。部屋を貸してくれたのはマダム・ボアという未亡人で、なんでも亡くなった亭主は裁判所の書記をしていたとのことだった。

一日中、荷物運びや部屋の整理に疲れはてて、夕飯を食いに学生食堂まで出かけるのも面倒臭くなった。近所のパン屋でパンとチーズを買い、持ってきた葡萄《ぶどう》酒とで晩飯の代りにしようと考えた。ボア夫人にパン屋の場所をきくと、すぐ近くの表通りにあると言う。

「自炊するのは勝手だけど、ガスをあまり使わないでおくれ。ガス代が高くかかって困るんだから」

この吝嗇《りんしょく》な婆さんはぼくの部屋の中をジロジロ覗《のぞ》きながら言った。来た時から感じたのだが、彼女はひどく口うるさく意地の悪い性格だった。その上、家の中に五、六匹の猫を飼い、その猫を相手に暮しているのである。

下宿を出て外に出ると、今夜も相変らずリヨンのふかい霧。家の灯も街燈《がいとう》もその霧の中でにじんでいる。路《みち》を歩く人影もほとんどない。

ボア夫人に教えられたように、表通りにまわると洗濯屋と雑貨屋にはさまれて、なるほどパン屋があった。パン屋といっても駄菓子と一緒にパンを棚に並べている狭いうすぎたない店である。

その店の戸をあけると、八歳ぐらいの金髪少女が椅子に腰をかけて熱心に漫画本を読んでいた。あまりここらでは見られない東洋人が眼の前にたっているので、彼女は椅子から飛び上がると本を片手にもったまま後ずさりしはじめて、

「ママ、ママ」と母親をよぶ。

「パンを買いにきたんだよ」ぼくはできるだけ微笑をうかべながら言った。

「なに？　ジャニーヌ」

娘の名をよびながら、母親が顔をだした。まだ三十になるかならないぐらいの若い女だが、ひどく所帯疲れのした顔をしている。今まで台所で晩の支度をしていたらしく、エプロンで手をふいていたが、その手の中指にうすよごれた繃帯《ほうたい》が巻いてあるのが眼についた。

「ぼくが外国人だから、チビちゃんがこわがって」

笑いながらぼくが言うと、その若い母親はひどく困ったような表情をした。娘のジャニーヌは店の隅から大きな眼をひらいてぼくをこわそうに眺めている。

「パンも高くなりましたねえ」

ほかに何も話すことがないから彼女がパンを包んでいる間、ぼくは煙草に火をつけてそんなことを言った。そのぼくに額におちた髪を指でかきながら、若い母親もお客が少くなったこと、パンもミルクもチーズも値上りをして生活がくるしくなる一方だとこぼしはじめた。

「うちなんか主人を三年前なくしたから、余計こたえるんですよ」

「そりゃ気の毒だ。御主人、病気だったんですか」

「いいえ。あの人は工場で機械にはさまれてしまって」

そう答えながら、この若い寡婦はまだぼくを遠くから眺めているジャニーヌの方にふりかえった。特にきれいな女でも特にみにくい女でもない。リヨンの街のどこにでもいる平凡な下町の女である。ぼくは少し慰めの言葉を呟《つぶや》いてからパンを片手にもって霧の中を下宿に戻った。

下宿に戻って寒々とした部屋の中でそのパンをちぎっているとボア夫人がまた覗きにきた。今度は電気をいつまでもつけてくれるなと言うのである。

「可愛い女の子があのパン屋にいたな」話題を転じたかったからぼくがそう誘いをかけると、

「ジャニーヌのことかい」ボア夫人はすぐひっかかった。「あの父親がねえ、飲んだくれでそりゃ仕方のない男でさ。酔っぱらって家に帰ってはイボンヌを撲《なぐ》りつけたもんだから」

「イボンヌ？」

「見たろう。ジャニーヌの母親だよ。だからあの男が事故で死んだってホッとしたにちがいないね、イボンヌも」

ぼくはなぜかその時、イボンヌというあの若い母親の寂しそうな窶《やつ》れた顔とともに、指に巻いてあった汚れた繃帯のことを思いだした。これがぼくが初めてイボンヌ母娘《おやこ》に会った夕暮のことである。

十二月も終りになるとリヨンは益々《ますます》霧がふかくなり暗くなる。時々パンを買いに彼女の店を訪れるにつれ、立ち話をする機会も多くなった。だがいつ行っても客の姿をほとんどみたことがない。時には日曜日でもないのに店をしめていることさえある。このまずしい親子は隣、近所ともあまり交際もせず、ひっそりと暮しているようにみえた。

背たけの短い外套《がいとう》を着たジャニーヌが牛乳瓶を入れた籠《かご》を肩にかけながら路を走っていくのに出会うこともあった。

「どこに行くの」とたずねると、

「お使い」

彼女は小さな手に息を吹きかけながらそう答える。

Xマス《クリス》がきても正月がきてもこの母娘の店だけは、何の飾りもせず、戸の鍵《かぎ》をしめて休養していた。

春もそろそろちかくなると今まで人影のない街の公園にも日曜日などは久しぶりの陽の光をたのしみに人々が集まってくる。その公園でもぼくは三、四度、イボンヌ親子を見たことがある。公園のベンチに腰かけてイボンヌはせっせと編物をしていた。ジャニーヌはその隣りに坐《すわ》って、羞《はず》かしそうに同じ年頃の子供たちが球投げをしているのを眺めていた。ぼくがそばによると若い母親は困ったように弱々しい微笑をうかべ、ジャニーヌだけがぼくの手にぶらさがってきた。

「なぜ、あの子たちと遊ばないの」

「だってあの子たち、わたしをイジめるんだもの」うつむいたジャニーヌは靴で地面を蹴《け》りながら小さい声で答えた。「あたしパパがいないので、みんな馬鹿にするんだから」


三月の終りだった。その日ぼくは大学をさぼって久しぶりにクロワ・ルッスにいられる滝沢敬一《たきざわけいいち》氏の家をたずねた。滝沢さんは古くからこの町に住みつかれたリヨン唯《ただ》一人の日本人である。二ヵ月に一度ぐらいぼくは氏の宅をたずねて仏蘭西人の奥さんがこしらえてくださる日本飯をたべるのが何より楽しみだった。その日も何ヵ月ぶりかで東京から送られてきたという日本菓子や日本茶を味わうことができて、ぼくは夕暮ちかくまで滝沢さんと話しこんだ。そして午後四時ごろ、霧がそろそろつつみはじめた坂道を戻ったのである。

人影のないその路の、ぼくから三十米ほど離れた所に一組の男と女が歩いていた。女は皮のジャンパーを着た男の腕によりすがっている。男は労働者らしい服装だった。煙草に火をつけながら、ぼくは霧の中を歩いているこの男女の——女の後姿にどうも見憶《みおぼ》えがあった。

(イボンヌじゃないか)

とぼくは気がついて足をとめた。だがイボンヌが彼女の店のあるサボア町から随分はなれたこのクロワ・ルッスになぜ来ているのだろう。それに彼女は寡婦じゃないか。男の腕によりすがって歩く筈《はず》はないと思った。

けれども、どう見ても彼女はイボンヌにちがいなかった。二人は霧の中を横切り、一軒のきたないキャフェにはいったのだが、その時、こちらに見せた横顔はまぎれもなくイボンヌだったのである。

下宿に戻る前、ぼくはわざわざ表通りに出て彼女の店によってみた。あの女が本当にイボンヌだったか、確かめたかったからだ。だが店は固く鍵がしめられ、扉を叩《たた》いたが誰もでてこなかった。

その夜、もう一度、店にパンを買いにいってみた。うす暗い電燈《でんとう》の下でジャニーヌがあの日と同じように漫画の本を読んでいた。

「母さんは?」

「ママ、台所にいるわよ」

その話し声をきいて出てきたイボンヌの顔をぼくはいつもより注意ぶかく眺めた。だがそれはいつものイボンヌの疲れた、所帯窶れのした顔だった。男の腕によりすがって、霧にぬれた路《みち》をキャフェにはいって行った女の顔ではなかった。

「今日、ぼくはクロワ・ルッスの坂路で、あんたを見ましたよ」パンをかかえながらぼくは突然さりげなく言ってみた。

「クロワ・ルッス？」イボンヌはぼくの眼をじっと見あげながら首をふった。

「今日、クロワ・ルッスなんか行かなかったわ」

やはり、あの女はイボンヌではなかったのかとぼくは思った。

だが黒い皮ジャンパーの男にもたれたあの女はたしかにイボンヌそっくりの横顔をもっていた。

けれどもぼくは決して誤解をしたのではないらしかった。というのは、それから一ヵ月もした頃、イボンヌの家に男がたずねてくるという噂が流れだしたからである。

それを一番初めにぼくに教えてくれたのは他ならぬボア夫人だった。

「淫売《ピュタン》みたいだよ。あのイボンヌは」

日曜日になると教会に出かけるボア夫人はこの前とはうって変ったようにパン屋の寡婦のことをあしざまに罵《ののし》った。「子供もあるのにさ。男を引きずりこんだりして。それが真昼間からときてるんだから」

「相手は誰なんです」

「トラックの運転手さ。その上、ジャニーヌには男のことを今からパパとよばせてるんだそうだね」

だがその後もぼくの見たイボンヌは相変らず疲れた、弱々しそうな微笑を頰にうかべる女だった。一人の男を愛しているとはその元気のない顔からどうしても想像できなかった。クロワ・ルッスで見たことや、ボア夫人の話にもかかわらず、ぼくは半ばこの女に男ができたとは信じられなかったのである。

五月、ぼくは半年ほど住んだボア夫人の家を去って今度はコント街に引越しをした。よく引越しをする男だと思われるだろうが、ガスや電気のことを毎日のように口やかましく言うあの老婆との共同生活がどうも我慢できなかったのである。引越しをすると言いだすとボア夫人は急に猫なで声を出しはじめたがこちらはそんな芝居にはだまされなかった。

新しい部屋に移るとボア夫人とのいやな口論やイボンヌ親子のこともすぐ忘れてしまった。そしてあの事件を新聞でみるまではジャニーヌもイボンヌもぼくの記憶から二度と蘇《よみがえ》ることはなかったのだ。

その朝、なに気なく朝刊を読んでいたぼくは驚きのあまり手にもっていた珈琲茶碗《コーヒーぢゃわん》を落すところだった。「リヨン・ソワール」紙の一面には八歳の娘を殺した男の写真がでかでかと出ていた。正面をむいたその男はこちらを睨《にら》みつけるような眼つきをして、黒い皮のジャンパーを着ていた。まぎれもなくあの三月の夕暮、人影のないクロワ・ルッスの坂路でイボンヌと歩いていた男だった。

新聞によるとこの男はイボンヌを情婦にしてみたが、娘のジャニーヌが自分のことをあまり憎むので、遂《つい》に腹をたてて台所に閉じこめガス管を開いて殺してしまったと言うのである。職業はボア夫人の言葉通り三十七歳になるトラックの運転手だった。

男の横にジャニーヌと母親のイボンヌの写真も出ていた。ジャニーヌは首を少し傾けて怯《おび》えたようにこちらを見ていた。それは初めて、ぼくを見た時、ママ、ママと大声で叫んだあの子の表情だった。そして母親のイボンヌは警官たちに保護されたまま手で顔を覆っていた。

新聞を読むと、ぼくはすぐサボア町に飛んでいった。久しぶりでみるこの町は相変らずみすぼらしく汚かった。ボア夫人の家ももと通りだが、窓の鎧戸《よろいど》をしめてひっそりとしている。表通りにまわるとイボンヌの店の前に自動車がとまって人だかりがしていた。その入口には肥《ふと》った警官がちびた煙草をすいながら、中を覗《のぞ》きこもうとする連中を手で制していた。その人だかりの中にぼくはボア夫人が町内の女房たちと肩をすぼめたり手をふりまわしたりしながら夢中で話しこんでいる姿をみつけた。

ジャニーヌが殺害された台所をせめて覗きたかったのだが、これでは駄目だ。そう思ってその日はぼくも引きあげたのである。

九月のひどく暑い日に裁判がひらかれた。リヨン裁判所はソーヌ河にそったところにある。ナポレオン時代に建てられたものだから雨のシミ、鳥の糞《ふん》でひどく汚れた真黒な建物だった。

ぼくが出かけた時はもうその日の裁判が半分ほど進んだところだったらしい。うしろの傍聴席には街の内儀《かみ》さんやナッパ服をきた親爺《おやじ》たちが押しあいながら検事の論告をきいていた。検事は歩きまわりながら時々、被告台にいる男を指さして烈しい言葉でその罪を難じている。

男はやはり、あのジャンパーを着た男だった。だが今日、彼はネクタイをはずされたYシャツに古びた茶色の上衣《うわぎ》をつけさせられて両手を前にくんだまま、茫然《ぼうぜん》と検事の言葉に耳を傾けている。栗色の髪が狭い額にかぶさって、眼が少し落ちくぼみ、牢《ろう》獄《ごく》でのこの男の苦しみを物語っていた。

検事がジャニーヌ殺害の場面をのべはじめると傍聴席から「人非人」とか「畜生奴《め》」という声が洩《も》れた。男は項垂《うなだ》れている。ぼくは椅子に腰かけた証人や参考人の中にイボンヌの姿を探したが、みつからなかった。

弁護士は鉛筆であごをなぜながら退屈そうに天井をみていた。陪審員の連中もたがいに小声でひそひそと話しあっている。だれもがこの被告の運命を思いやる様子はないようだ。誰もがこの男の罰せられることを当然だと思っているようだった。

「ガスの栓をひねり、ジャニーヌを閉じこめた台所の鍵《かぎ》をしめると被告は店の椅子に腰かけてすべてが終るのを待ったのであります」

自分の演説に酔ったように検事は歩きまわった。そして時々、鉛筆をもった手を被告台の男にむけて「この冷酷な男は」とか「この加虐症心理の持主は」とか叫ぶのである。傍聴席の人々はその声に更に興奮したようだった。ぼくも幾度か肥った内儀さんやナッパ服の男たちの体に押されながら、少しずつ前の方に出ていった。

検事は証拠物件として、その時、台所にあったガス器具とゴム管を陪審員にみせるように要求した。判事がその許可を与えると、ボール紙をつけたそれらの物品を恭しく警官が持参してくる。そしてその物品を被告台の男は哀しそうに見おろしていた。

突然——

「ちがいます」大声でだれかが絶叫した。その絶叫は日本語に訳せば「ちがいます」にもなるが、本当は「ノン、ノン、ノン」という悲鳴にも似た仏蘭西語だったのである。

瞬間、水をうったようにみんなは静まりかえった。判事も検事も弁護士もそしてぼくら傍聴人も一斉にその声の方角に注目したのである。

「ノン、ノン、ノン——この人じゃない。殺したのはこの人じゃない」

参考人の席から一人の女が救いでも求めるように被告の方に両手をさしむけながらたち上ったのだ。「殺したのはこの人じゃない。あたしなんです。あたしなんです」

イボンヌだった。まぎれもなくぼくの知っているあのパン屋の寡婦だった。椅子からよろめくように通路にころげ出ると彼女はそのまま被告台に駆けていこうとしたのである。だが、その時、おどろいた警官が彼女の肩を必死で押えつけた。傍聴人席から口笛や怒号やそれから衣《きぬ》を引きさくような声がひびいた。もう大混乱だった。判事が木槌《きづち》をたたいて「閉廷、閉廷」と叫ぶのをぼくは人々に押され、もまれながら聞いたのである。

その後のイボンヌの裁判風景についてはこれ以上くどくどと書く必要もないだろう。あの裁判の続いた間、ぼくは学校などは行きはしなかった。傍聴人席はいつも満員だった。

男の代りに被告台にたったイボンヌの顔をみたのはそれから更に三ヵ月後である。彼女の強張《こわば》った顔が汗にぬれて光っていたのをぼくは今でも憶《おぼ》えている。それはもうあの所帯窶《やつ》れのした、どことなく寂しげな表情をしたイボンヌではなかった。まるで化石のように彼女は身じろぎもせず、新しい検事から指さされ、罪を責められながらたっていたのだ。

イボンヌはジャニーヌを殺した。理由はジャニーヌが自分と男との結婚に障碍《しょうがい》となったからである。トラック運転手の男はジャニーヌを引きとるだけの余裕がなかった。彼は屢々《しばしば》「あの子さえいなければ結婚してもいいんだが」と洩らしたそうである。イボンヌはそれもみんなジャニーヌがいるためだと考えこむようになったらしい。彼女の心はその頃から少しずつ、自分の娘を消すことを考えだしたのかもしれない。

犯行の日の前夜、彼女はジャニーヌのベッドを台所に運んでそこで寝るように娘にいった。そして朝がた、彼女は同衾《どうきん》している男のそばをそっと離れると台所に足を忍ばせてはいったのである。ガス台は二つあった。その栓を開いてガスを出す。なにも知らぬジャニーヌはあどけなく眠っていたが、その時、ぼんやり眼を開いて、

「ママ、今、何時？」

ときいたそうである。

イボンヌはやさしく娘の毛布をかけなおしてやると台所の戸に鍵をかけ、男のそばに戻った。

この事件でもっとも忌しいのはその直後の彼女の行動だった。何くわぬ顔をしたイボンヌはそのまま男のそばに戻り、娘が死んでいく間、彼の愛撫《あいぶ》をうけたのだそうである。

検事がそれらの情景をつぶさに陳述すると流石に平生やかましい傍聴人席も驚きのあまり声をたてる者さえいなかった。男への愛情のため、母親としての本能さえ捨てたこの女はみんなには悪魔のようにうつったのかもしれない。

咳音《せきおと》だけが時々きこえる人々の肩の間からぼくはそっと被告台にたっているイボン

ヌの顔を窺《うかが》いみた。彼女は夕方の光が照っている窓をうつろな眼で凝視している。額が汗でぬれて光っている。

一年前、彼女に初めて会った時のことをぼくは思い出していた。「ママ、ママ」と叫んだジャニーヌの声を思いだしていた。生活のくるしさを弱々しく呟《つぶや》きながらパンを包んでいたイボンヌの姿を思いだしていた。この平凡な寂しそうな女がどうして自分の娘をガスで殺せると考えることができるだろう。女というものは全く我々にはわからぬ怖《おそろ》しいものなのかもしれない。

イボンヌは無期懲役を検事から要求されたが、それは仏蘭西では女性には死刑を与えぬ法律があったためである。

その論告のあった日の夕暮、ぼくは裁判所を出ると、なぜかサボア町の彼女の店に行ってみたくなった。

あの事件の直後とちがって店の前には誰もいなかった。勿論《もちろん》、誰も住んでいない彼女の店は戸をかたく閉じたまま、窓には鎧戸《よろいど》をしめている。ぼくは路《みち》を歩く人に気づかれぬように裏口にまわってみた。

汚れたカーテンのかかっている窓にはひびがはいっている。近所の子供たちが石を投げつけたらしい。

その窓硝子《ガラス》からそっと覗くと、そこは暗い台所だった。ここでジャニーヌが殺されたのである。

もとよりベッドも何もない。ガス台も流しにも何もない。大きな靴痕《くつあと》のついた新聞紙が一枚、床に落ちていた。天井からぶらさがった電球のない電気の笠《かさ》に塵《ちり》がいっぱい溜《たま》っていた。

「ジャニーヌ」

ぼくは小声で呟いた。すると「ジャニーヌ」、どこかで誰かが叫んでいるような気がする。その声はあの母親のイボンヌの声のようでもある。

「ジャニーヌ――」

「ジャニーヌ――」

「ジャニーヌ――」

たしかにそれはイボンヌの声にちがいなかった……。

共犯者

「まあ、胃潰瘍《いかいよう》の少しこじれた奴と思いますな。念のため更に精密検査をやりますから入院の手続きをして下さい」

額に汗をにじませた医師がそう言うと、夫の大井健三は笑っているのか、泣いているのか、わからぬように顔をゆがめた、満智子がその夫に従《つ》いて行こうとすると、

「奥さん、御主人の食餌療法《しょくじりょうほう》について御説明しますから……」

医師は眼くばせをして引きとめた。満智子はその医師の顔をみあげ、それから夕暮のながい廊下を遠ざかっていく夫の背中に視線を送った。

夏の西陽が木造の病院の窓からながれこんでいる。その西陽をうけた夫の痩《や》せた背がいかにも気力がなくて、影のうすいもののように見えた。満智子にとっては結婚後、七年の間、一度も心の惹《ひ》かれを感じたことのない男の姿だった。

「で、如何《いかが》でございましょうか」

消毒薬の臭いのする暗い診察室のなかで医師と向きあうと、彼女は和服の膝《ひざ》の白い

ハンドバッグに両手をきちんと重ねてたずねた。診察着のポケットから折れまがった煙草をとりだして医師は口にくわえたが、それから思いきったように、

「どうも、疑わしいですな」と言った。

「やはり……」

「ひょっとするとそうじゃないかと思います。もっとも腹部を切開してみないことには胃癌とも何とも断定できんのですが。しかしレントゲン写真にも首をひねる箇所がありますし、血液のアルプミンも減少しとられるようです……」

「手術しますと」満智子は自分の指がハンドバッグに食いこむのを感じながら声をあげた。

「……助かります……でしょうか」

「それも切ってみんことには断定できませんが……根治手術ができれば」

医師は困ったように眼をそらし、急いで煙草に火をつけた。暗い診察室のなかで満智子は紫煙がゆっくりと立ちのぼっていくのを眺めた。ふしぎなほど心が平静だった。山のなかの人影のない真昼の灰色の沼のようにそれは静まりかえっている。衝撃があまりに大きいためなのか、それとも自分が夫の不幸に無感動なためなのか満智子自身にもわからない。夫はひょっとして死ぬかもしれない。それと共に自分の運命も変るのである。しかしこの実感が彼女にはどうしても起きなかった。

「いずれにしろ」と医師は声をひくめて言った。「今、申しあげたことは御主人にあくまでも秘密にしておいてください」

それから傷にはりつけたガーゼをはぐように急に彼はこの話をうちきると診察室の扉をあけた。

夫の大井健三が胃腸の不調を訴えだしたのはつい二ヵ月ほど前からである。もともと頑健な体格の持主という男ではなく、すぐ風邪を引いたり首がこるとこぼしていた。薬品マニヤといっても良いくらいで、常々新聞広告や週刊誌をみては新しい強肝剤やビタミン剤を次から次へと買っては飲んでいる。食事のあと錠剤を口に放りこみ、下品な音をたてて茶をふくんだこけた頰をもぐもぐさせる夫を満智子はいつもうとましいような眼つきで見おろしていた。

結婚後、七年の間、満智子は心から夫を愛したという経験がなかった。それならば何故この男の妻になったのかと言われても返答のしようがない。幼い時に父親をなくし母一人、娘一人という家庭に育った彼女は、伯母《おば》の遠縁に当る公務員の大井健三と見合をした。男の兄弟のない彼女の眼にはいかにも律義な役人らしい、酒も煙草も飲まない健三が律義で真面目な青年のようにみえた。

だが結婚してみると、律義で真面目だと思われたその性格が砂を嚙《か》むように味けないものとして映りはじめた。日がたつにつれ夫が伝書鳩のように公社から帰宅してくることも、女遊び一つできない身持のよさまでが満智子には小心で勇気のない男の姿に思われてくる。子供のない二人がほとんど話題のない夕食をすませると、夜ねむるまでの時間は長く、退屈だった。テレビのクイズを見ながら、一人でこった肩を左手で叩《たた》いている健三のそばで満智子は何時までも素知らぬ顔をしていた。

精力の弱い夫は夫婦の営みでも満智子を満足させたことはなかったが、しかし、そんな場合でも彼女は体を夫に委《まか》せても接吻《せっぷん》だけはできるだけ許すまいとした。営みが終ったあと、彼女は闇のなかで眼をひらき「女は愛さぬ男にも体を与えるが本能的に愛している男以外には唇を与えない」という昔よんだ小説の言葉を心のなかで嚙みしめていた。

二ヵ月ほど前から健三は胃の調子がおかしくなりはじめた。みぞおちが何時ももたれた感じで、なにかを食べると、胃から腸にかけて軽い痛みを感ずると言うのだ。

「痛いというほどの痛さじゃないんだが。鈍痛だな。押えるとかすかに奥にひびく」

はじめは軽い胃炎だろうと思って、例によって薬屋から売薬などを買っては飲んでいるらしかった。しかし一週間たっても二週間たっても調子は良くならない。そのうち、便秘と軽い下痢とを時々、もよおすようになった。

「あなた、癌じゃないの」

いつものように長い、退屈な夜、編物をしていた満智子はなにげなく言った。と、

突然、夫は腹をさするのをやめて、小鳥のように怯《おび》えた眼でこちらをふりむくと、

「癌だと思うか」

「冗談ですよ」

それっきり、夫はうつむいて黙りこんでしまった。その細い眼に走った怯えた光が例によって満智子にいつもの軽蔑《けいべつ》心を起させた。

（なんという小心な男だろう）

翌日、健三は公社の帰り珍しく本屋にたちよって一冊の本を買ってきたが、それは癌のことをわかりやすく書いた本だった。その本の頁をめくりながら夫はそこに書かれた一つ一つの症状をたしかめるようにバンドの下を押えていた。

「これは癌かもしれん」

「どうして」

「みぞおちが張るのが一番あやしいんだ……」

みぞおちが張るような感じだけではなかった。

健三はそのうちに本に書かれたすべての症状が自分に当てはまると言いはじめた。不安に怯え、眉《まゆ》と眉との間に暗い影を漂わせた夫の痩せた黝《あおぐろ》い顔を満智子はうすら笑いをうかべながら受けとめた。彼女はもちろん夫が癌だとは信じていなかった。例によって自分で勝手に病気をこしらえあげ、一人で不安がっている男の姿が満智子に

はみにくく見えたのである。

「しかし……ぼくは別に酒も煙草もやってこなかったんだから大丈夫かもしれないねえ」

妻が黙っているので健三は自分で自分を慰めるような言葉を呟《つぶや》いた。

「酒や煙草をのまなくたって」突然、満智子は夫を苛《いじ》めたい衝動にかられて、「癌になる人は癌になるわよ」

「そりゃ、そうだが……」

「心配なら、医者に診てもらうのね」


健三が入院した病室の窓からは中庭の大きな橡《とち》の樹がみえた。橡の樹の葉は病室の硝子《ガラス》戸にうつり、それだけがむき出しの病室に人間らしい色どりを与えた。

自分が癌ではなかったと信じこんだ夫は今度は子供のような悦《よろこ》びかたを示した。その顔をみると流石に満智子も胸がしめつけられるような気がして自分が今まで良い妻ではなかったことが悔まれた。けれども夫がやがて死ぬかもしれぬという事実はまだ彼女の心には実感として浮びあがってこなかった。普通の細君ならたとえ夫を愛していなくても、こうした非常の事態には当然はげしいショックに襲われるはずなのに、そのショックさえ感じない自分の心が満智子には怖《おそろ》しいもののように思われた。

健三が入院して二日目の夕暮に公社で同じ課の夏川が果物籠《かご》をさげてあらわれた。ベッドの上に起きあがって幾度も頭をさげる病人に、

「いや、そう礼を言わんでもいい。こっちは課長の代理で課からの見舞を持ってきただけなんだから」

少し相手を小莫迦《こばか》にした口調で夏川は訂正した。夫とほぼ同じ年輩の彼が真白なYシャツからみせている陽焼けのした腕が妙に満智子の眼にしみた。

「一時は癌かと心配したんだよ」健三はまばらな不精髭《ひげ》ののびた肉のない頬をなぜながらまた同じ言葉を繰りかえして、「そうじゃなくて安心した」

「そうかね」

夏川はそんな病人の心理などに全く興味をしめさず、

「ぼくなぞゴルフをやっているから胃病も寄りつきはせん」

話しながら時々、満智子の顔をぬすみ見るのだった。それはいかにも頑健な自分と病弱な亭主とを見くらべてみろと言わんばかりで満智子はいささか不愉快な気持がした。

面会時間の終りを告げるベルがもう暗くなった廊下でかすれた音をたてると、夏川は煙草をもみ消して椅子からたちあがった。

「奥さんももうお帰りでしょう。そこまで御一緒しますよ」

　びっくりした満智子は健三の顔を窺《うかが》ったが、夫は例によって気弱そうな笑いを痩《こ》けた頰にうかべただけだった。その意気地のない笑いかたがかえって満智子の反撥《はんぱつ》心をそそり、

「じゃ、あたしも」

　と肯《うなず》かせた。

　夏川とつれだって病院の門を出ると大通りの商店街には既に灯がともっていた。

「奥さんはどちらまで」

「新宿《しんじゆく》から小田急《おだきゆう》に乗りますの」

「じゃ、新宿までタクシーで送りましょう」

　この時も夏川は満智子の返事もきかず手をあげて通りかかった車をとめた。満智子はその強引さにイヤな気がしたが、同時に夫のような男性の持たぬ無言の圧迫感を感じて黙って車に乗りこんだ。

　勤めから帰宅を急ぐ人々や車で雑踏する新宿駅の前で車をおり、満智子が礼をのべようとすると、

「奥さん。お差支えなければお茶でも飲んでいきませんか」

　夏川はなぜか急に小声で言った。

「でも……」満智子が尻《しり》ごみをすると、

「いや、実は御主人の御病状なぞ奥さんから伺いたいですからね。兎《と》に角《かく》、明日、課長にも報告せねばなりませんしな」

そう言われれば満智子も首をふることはできなかった。

夏川は新宿をよく知っているらしかった。ラモとかいう大きな喫茶店のボックスにおさまると彼は冷たいタオルで顔や首をふきながら、

「大井君が羨《うらや》ましいですな。あなたのような美しい奥さんがおられるんだから」

「まあ……」満智子はあかくなったが悪い気持はしなかった。「そんなこと、おっしゃると御家にお戻りになって叱られますわよ」

「いや、その点は大丈夫だ」夏川は狎々《なれなれ》しい笑いをうかべて、「こっちは今、チョンガーですからな。女房に五年前に死に別れましてね。再婚ということも考えんことはないですが、奥さんのような人にはめぐりあえませんでね。ゴルフばかりやって気をまぎらわしていますよ」

満智子は素知らぬ顔をして、

「でも大井のように病弱なのよりずっと御幸福ですわ」

と話題をそらした。夏川は煙草に火をつけて、

「ところで、大井君の容態はどうなんです」

「検査で入院させましたが……結局、手術はどうしてもやらねばならぬようでござい

ます」

胃癌の疑いがあると言いかけて満智子は口を噤《つぐ》んだ。夏川に話すべきかもしれなかったが、医師からは開腹結果がわかるまでは患者のためには誰にも言わぬほうがいいと注意されていたのを思いだしたからだった。

「大井君は自分で気をやんで病気になったんじゃないかな。奥さんの前だがどうも、あの人は神経が細いですからな」

夏川はうすら笑いを口にうかべた。健三がこの同僚にもみくびられていることが痛いほどその笑いで満智子にも感ぜられた。

喫茶店を出て新宿駅まで来ると夏川はあっさりと頭をさげた。だが礼を言って二、三歩、あるきだした満智子に彼は突然、声をかけた。

「奥さん……今度、いつ会えますか」

夫が横にいない布団で寝るのは久しぶりの経験だった。灯を消して眼をつぶりながら満智子は自分と同じように病院の寝台で一人横になっている健三のことを思いだそうとした。しかし蘇《よみがえ》ってくるのは今日、夏川に言われた、

「奥さん、今度はいつ、会えますか」

という言葉だった。

(人を莫迦にしている)

健三を軽蔑《けいべつ》している夏川が自分まで軽くみてああいうことを言ったのだろうと思うと、帰りの電車のなかで彼女は腹がたった。しかし口惜しさが少しずつ鎮まると、今度はその言葉が妙なひびきをともなって思いだされるのである。

闇のなかで彼女は夏川の陽やけのした逞《たくま》しい腕をふと心にうかべた。夫が入院している時にそういう想像をしてはいけないと思いながら、しかしその精力的な風貌《ふうぼう》が、はっきりとしたイメージで蘇ってきた。と同時に毎晩、胃のあたりを押えながら蒼《あお》ぐろい肉の痩けた顔で週刊誌を読んでいる夫の姿がうかんでくるのだった。

「大井君が羨ましいですな。あなたのような美しい奥さんがおられるんだから」

みえすいたお世辞と知りながら満智子は心のなかでその言葉を味わいながら自分が十七、八の娘のように莫迦莫迦しい想念に浸っていることに気がついた。しかし健三のような男と結婚しなかったならば、自分にももっと張りのある生活がひらけたかもしれぬことを考えざるをえないのだった。

数日ほどたってその日の午後、健三の胃鏡検査が行われた。入院前に既に胃カメラやXセンの診断はうけていたのだが、一番苦しい胃鏡はあとまわしにされていたのである。

夫がタオルやチリ紙をもって検査室に出かけたあと、満智子が病室の片付けをしていると看護婦が電話のかかってきたことを告げにきた。

看護婦室の受話器に耳をあてると夏川の声である。その声をきくと満智子は背後にいる看護婦たちがひどく気になった。夏川の用件は公社から改めて見舞金が出ているが今日、何処かでお渡ししたいと言うことだった。

見舞金が出ているならば病院まで届けてくれればよい筈《はず》なのに、それを態々《わざわざ》、病院以外の場所で手渡したいというのは誘いの口実だと満智子はすぐ気がついた。しばらく黙った彼女はやがて、はいと一言だけ返事して受話器をきった。彼女はこんな返事をしたのは看護婦たちの前でみっともない会話をしたくないからだと自分に言いきかせた。

病室に戻ると胃鏡検査をすませた健三が真青な顔をして寝台に横たわっていた。唾《だ》液《えき》が血色のわるい唇のまわりにまだ残っていた。夏川から電話のかかったことを満智子はだまっていた。そのくせ彼女は夫を団扇《うちわ》であおぎながら、

（あたしが今日、行くのは夏川さんに会いにいくためじゃない。ただ見舞金を受けとりにいくためなんだ）

と自分に呟《つぶや》きつづけるのだった。

午後六時にこの間と同じように新宿駅の前でおりると、夏川は競馬新聞をよみながら電話ボックスのそばにたっていた。

「ああ、来ましたな」

病院からここまで呼び出したことをすまないとも言わず夏川は先にたって歩きだそうとした。それはいかにもノコノコとここまで出てきた満智子を見くだしたような態度に感ぜられたので、

「あたし」と満智子は立ちどまって、「今日はここで失礼しますわ」

「まあ、ええじゃないですか。こんなところでお金を渡すのは危いし……それにこちらのようなチョンガーとも飯でもつき合ってくださいよ。いつも独りで外食するのは寂しくてたまらんですからな」

相手はまるめた競馬新聞で自分の掌《てのひら》を叩《たた》きながらそんなことを言うのである。

伊勢丹《いせたん》にちかい裏路《うらみち》のうなぎ屋に満智子は案内された。

「奥さん、酒を飲んでもいいですか」

「どうぞ」

満智子はできるだけ男から離れた位置に正坐《せいざ》した。女中に料理を注文したあと、夏川は内ポケットに手を入れて、

「些少《さしょう》ですが公社からの大井君へのお見舞です」

急に改った口調で白い紙袋を机の上においた。

食事がすむと夏川は車をひろって満智子を東北沢《ひがしきたざわ》まで送ってきた。家は車道から車

の入らぬ路の奥にあったから、二人はタクシーを乗りすてたあと、夫婦のように肩を並べて歩きだした。満智子は近所の人にこうした姿をみられはせぬかと気がかりだったが、一方ではひそかに何かを期待する気持もないではなかった。家の門までくると夏川は足をとめて、

「奥さん、今度はいつお目にかかれますかね」

満智子の顔をじっと窺《うかが》いながら小声で言うと、素早く彼女の手を引いて顔を寄せてきた。抵抗する満智子の体が玄関の前の茂みにぶつかり、バシ、バシと枝と葉の音がした。

「離してよ。近所の人にきこえるから」

「じゃ、別のところに行こう」

「声をたてるわ」

「たてるんだな。こっちは構わないんだ」

まさか大声をたてるわけにもいかないので、夏川の幅ひろい体のあとを満智子は黙って従っていった。

「強引な人ね」

「強引がこちらの身上だ。あんたのことはすぐ好きになった」

「あたしは大井の家内ですよ」

「あの男の細君になったって……あんたが満足しているはずはないだろ」

夏川が無理矢理に連れていった参宮橋《さんぐうばし》の旅館は小田急電車の線路のすぐ近くにあった。電車が通りすぎるたびに、窓硝子《ガラス》が細かな音をたてなるのである。たった二度しか会わぬ男とこんな事になった自分自身を満智子はあさましく思い、憐《あわ》れに感じた。

（これも、みんな、あなたが悪いんだ。そうよ、あなたが悪いんだわ）

満智子は片手で腹を押え、片手で薬を飲んでいる健三の気力のない姿を努めて心に浮びあがらせながら心の中で呟いた。そのくせ、間もなく死ぬかもしれぬ夫に申訳ないという気持は少しも起きなかった。気味のわるいほど夫のことはなにも感じないのである。

（女って、誰もこんなものかしら）

満智子は夏川のピースの箱から煙草をとりだして口にくわえ、そのまま灰皿の中に捨てた。

「おい、なにを考えている？」

「あのね」寝巻からむきだした白い腕の上に顔をのせて満智子はものうげに呟いた。

「大井はガンなのよ」

「ガン？」

「胃癌。本人は勿論《もちろん》、知らないけれど」

「じゃ、もう駄目なのか」

「でしょう」

「すると」夏川は布団から急に身を起してじっと満智子を窺った。「あんたそれを承知で……ここについて来たのか」

「誘ったのは夏川さんでしょう」

「そりゃそうだ。……だが大胆な人だな。おっかない奥さんだな」

「あたしが大胆なんじゃないわ。女っていざとなれば皆、こういうものらしいわ」

するとと、夏川は黙って靴下をはき、急いで身支度をはじめた。満智子は布団の上からその夏川を見あげながら今まで強引にみえた彼の姿が消え、その代りに健三と同じように、臆病《おくびょう》で、いざとなれば尻《しり》ごみをする小心な男性の姿を彼の上に発見したのだった。


予想していたことだが、夏川からはそれっきり連絡もなければ電話もかかってこなかった。その上、ふしぎなことに満智子自身の気持のなかにも夏川の存在は一晩で消え去っていた。健三を裏切ったという罪悪感は一向に感じなかったが、しかし彼女は何かの埋め合わせでもするように甲斐甲斐《かいがい》しく夫の看病に励みはじめた。

「どうして笑っているんだ」

寝床の上から健三は、病人をあおぐのをやめて、唇のあたりにうすら笑いをうかべている妻にたずねた。

「笑ってなんかいないわ」

「この頃、飯が咽喉《のど》につかえるような感じがするが……」

「そう……」

満智子はあの夜、健三が癌だと聞かされるや否や、怖《おそろ》しそうな表情で自分を眺め、そそくさと身支度をはじめた夏川の姿を思いだして可笑《おか》しかったのである。そのような男に何かを期待していた自分も可笑しかった。満智子はあの男と自分とがいつか一緒になることを別に考えていたわけではなかった。ただ健三と結婚したことによって自分に喪《うしな》われたものを夏川が埋めてくれるかもしれないという望みはあの夜、たしかに心のなかにひそんでいたようである。

夫の手術は一日一日と迫ってきた。毎日午後には心電図をとられたり、血液の凝固時間が調べられたり、なにかの検査がある。

手術日が明日という夕方には麻酔科の医師が病室を訪れて聴診器をあてていった。その医師が部屋を去ったあと、突然、健三の上役の施設課長がたずねてきた。予想もしなかったことなので、健三は寝巻の裾《すそ》をしきりに合わせながらしきりに頭をさげていた。

「思ったより血色もいいじゃないか」

　課長は病人に一応の見舞をのべると、部屋の隅の電気ヒーターで茶をわかしていた満智子に、失礼するから構わないでくれと言った。

　その課長を満智子だけが病室の外まで送ると、クレゾールの臭いの漂う廊下で相手は突然、足をとめた。

「奥さん。変なことをうかがうようですがね、うちの課の夏川君はたびたび、こちらに来ましたか」

「はあ」驚いて満智子はうなずいた。

「二度ばかり」

　まさか、自分と夏川とのことを知っている筈《はず》はないと思ったが、やはり胸の動悸《どうき》がうった。

「御主人が入院される前も夏川君とも会われていましたか」

「外では存じませんが、……あたしがお会いしたのも今度が始めてです」

　課長はその返事の真否を疑うように満智子の顔を見つめていたが、

「松浪とか佐野とか言う男の名を聞かれたことは」

　満智子が首をふると、

「いや、有難う。奥さん、すみませんがこの話は大井君に黙っといてください。なにね一寸、困ったことができてきまして、大井君に直接きけば良いんですが、手術前の体に障ってもいけんと思いまして……」

課長は黙っていてくれと言ったが、病室に戻ると満智子は今の会話をそのまま健三に伝えた。

「そうか……」

話を聞き終った夫はしばらく黙ったまま、闇の迫った窓をみつめていた。

「あなた、何かがあったの」

「黙っていなさいお前は」

突然、健三は蒼《あお》ぐろい顔をこちらにむけると烈しい声で怒鳴った。結婚以来、健三からこのような言いかたをされたのは始めての経験だった。満智子は身内が燃えるような怒りを急に感じて病室から出ていこうとした。その背後から、

「何か書くものと封筒とを取ってくれないか」

「自分でとったらいいでしょう」

廊下に出たが何時までもそこにいられないので屋上まで登った。屋上で涼しい風に吹かれていると昂《たかぶ》った気持も少しずつ鎮《しず》まってくる。気持が鎮るとさきほどの施設課長の言葉が妙に頭にひっかかってきた。

（一体なにがあったのだろう）

顔だけは強張《こわば》らせたまま病室に戻ると、夫は病室の暗い電気の下で寝台の上に腹這《はらば》いになったまま、なにかを紙に書きつけていた。そのだるそうな痩《や》せた姿をみると流石に明日の手術のことが思いだされて満智子は、

「すみませんでした」

と小声であやまった。

翌朝、病室に泊った彼女はまだ窓の外が暗いうちに看護婦に起された。

「大井さん、体の毛をそりますから」

シャボンと剃刀《かみそり》とを用意した看護婦が健三の体の上に前かがみになると、二人の影が壁にうつった。緊張した空気が病室にも満智子の体のなかにもみなぎりはじめた。

外は小雨がふっている日だった。

毛ぞりがすむと別の看護婦が灌腸《かんちょう》をうちにきた。

「このあと何をするんですの」

病人を助けながら満智子がそうたずねると、眼鏡をかけたその看護婦は、

「あとは基礎麻酔の注射を打つだけです」

と答えた。

その看護婦が去ると、健三は笑っているのか泣いているのかわからぬような顔をして、

「ぼくは酒を飲まぬから麻酔に弱いだろう……だから眠る前に頼んでおくが」

と枕元に手を入れて白い封筒をとりだした。

「これは昨晩書いたんだがな……もし手術で万一のことがあったり、そのあと駄目になったら、こいつを昨日の施設課長さんまで届けてくれんか」

「縁起でもないこと言うの、よしてよ」

「だから万一の場合と言っているんだよ」

満智子は仕方なくその封筒を受けとってハンドバッグの中に入れた。

午前九時、二人の看護婦が運搬車を引いて病人を連れに来た。もう麻酔のきいた健三はうすい眼を小鳥のように開いたり閉じたりしながら廊下を運ばれていく。五階の手術室の前までくると、満智子は流石に妻らしく、

「あなた、しっかりよ」

と病人のうすい胸の上に手をおいて囁《ささや》いた。

手術室にむきあった廊下の固い長椅子に満智子はポツンと腰をかけた。手術室の中からはことりという物音もしない。廊下にも人影はない。急に満智子は、自分が全く孤独なことを感じた。と同時に今まで実感としてどうしても捉《とら》えられなかった健三の死や自分の将来が苦しいほど胸をしめつけてきた。

(あたしはこれからどうなるのかしらん)

彼女はたちあがって手術室の扉にちかづいた。だが厚い扉の奥からはかすかな音さえ聞えなかった。廊下の窓のむこうに曇った空が拡がり、小雨が病棟の屋根をぬらしていた。

満智子はその時、手に握りしめていたハンドバッグの中に健三が今朝、手渡した封筒のあることを思いだした。今となってはその封筒が自分の気持の支えになるような気がして、急いでハンドバッグに手を入れた。

しっかり糊《のり》づけをしていなかったとみえ、封筒の端は半びらきになっている。小指を入れて破れぬように封を開き、中の紙片をとりだすと、健三の力のない右下りの文字が眼に飛びこんできた。

「医者は胃潰瘍《いかいよう》とかくしていますが、自分の自覚症状からみて癌ではないかと考えております。私が死亡した場合を考慮して課内における収賄事件について御報告しておきます。先月末、施設課の夏川君は業者の佐野、松浪両氏の饗応《きようおう》を受け」

震える指で次の紙をめくった。そしてその最後の行に、

「私は自分が潔白であることも申し添えておきます」

という文字の書かれているのを読んだ。

茫然《ぼうぜん》として満智子は廊下にたっていた。夏川のことなどは、どうでもよかった。あの健三が自分の病気が癌であることを知っていたとは今まで満智子自身も気がつかな

かったのである。その衝撃のほうが彼女には大きいのだった。

「奥さん」

手術室の扉が開いて、丸い手術帽をかぶった医師が強張った顔をだした。手術着に赤い血痕《けっこん》が飛びちっていた。

「奥さん」

満智子は気が遠くなりそうなのを怺《こら》えながら足をふんばった。

「開腹の結果、御主人は癌じゃありませんでした。大分ひどくなっていましたが本当の胃潰瘍です。もう助かります」

一ヵ月たった。健三の退院が近づくころ、ある朝の新聞にあまり大きくないが公社の収賄事件が報道された。うすぼけた丸いかこみの中に夏川の写真がのっている。

「ひどい男だな」

健三は寝巻の上から腹部の傷痕《きずあと》を押えながら呟《つぶや》いた。

「こちらが癌で死ぬものと思って、検察庁でもすべての責任をぼくにかぶせたんだからね。死人に口なしと思ったんだろう」

夫の顔をぬすみ見ながら、満智子はそっと夏川の写真の上に視線を落した。突然彼女の耳にはこの男の言葉が蘇《よみがえ》ってきた。

（強引はこちらの身上だ。奥さんのことはすぐ好きになった）

そのくせ、自分が夫をこの男と共に裏切ったという罪悪感は満智子の心には一向に起きなかった。夏川と同じように、あの時、自分も夫の死を無意識で計算していたにちがいないのに彼女はそのことも考えなかった。もちろん刑務所にいる夏川のことなど、どうでもよかった。

「あなたは、何もかも手術前から知っていたの」満智子は夫の夏布団をかけなおしながら訊《たず》ねた。

「何もかもって」

「自分の病気のことや夏川さんのことや、そのほかのことも……」

そのほかという言葉に意味をこめると、

「ああ、何もかも知っていたさ」

健三はうなずいた。しかし勿論《もちろん》、夏川と妻とのことを知っている筈《はず》はなかった。

「あの手紙はどうした」

「捨てましたわ。手術で助かったんですもの」

視線をそらして彼女は窓まで歩いていった。

幻の女

会社の同僚のなかにはマージャンや競馬に夢中になっている連中が多いのに、木田は生来、賭事《かけ》にはむかぬ性格なのか、そういう遊びを教えられてもどうしても打ちこめなかった。教える方も初めはパイの種類を説明してくれたり、場外馬券の買い方をしゃべってくれるのだが、一向に乗気にならない彼を見ると、もう誘おうとはしなくなった。

それでは木田が全く無趣味なのかと言うと、そうでもなかった。

もし、それが趣味といえるならば、木田の趣味は古本屋をまわることだった。神田《かんだ》や早稲田《わせだ》のような古本屋の多い場所を土曜の午後歩いて、うずたかく積まれた雑誌のなかから古い文学雑誌を発見したり、時には日曜日に郊外の都市まで出かけて、そこで東京ではベラ棒な値段で売られている初版本の有名小説や詩集を安い値で手に入れた時は、まるで競馬で大穴を当てた同僚と同じほどの幸福感を味わうことができるのだった。

鉄鋼関係の会社に勤めていながら木田は文学好きで、時折、原稿用紙に詩を書いてみたり、小説を作ってみたりするのだが、それは長続きがせず、書きくずした紙だけがいつも紙屑籠《かみくずかご》に放りこまれていた……。

彼の住んでいるアパートの場所は世田谷《せたがや》区の三軒茶屋《さんげんぢやや》だったが、そこの商店街にも何軒かの古本屋があった。

一軒はビルのなかにある店で、ここは神田と同じように本に眼ききの主人がいて、掘出しものにはそれ相応の値をつけていたから木田としてはここにはあまり興味をそそられなかった。裏通りにもう一軒、中に入ると黄ばんだ本の湿気と埃《ほこり》の臭いが鼻をつく貧弱な古本屋があり、そこではろくに本がないだけに表通りの店のように客もほとんど訪れない。年とった婦人が一人じっと店番をしている。木田はこの店で、いつか荷風《かふう》の「日和下駄」の初版本を発見して欣喜雀躍《きんきじやくやく》してから月に一、二度は本棚を覗《のぞ》くようにしていた。もっとも、そんな機会はその後、二度と訪れなかったのだが、一度、みごとな鮎《あゆ》をつった男が同じ場所に諦《あきら》めもせず、たびたび出かけるように、木田はいつも、ある期待をもってこの店を訪れるのだった。

ある土曜日の夕暮――

会社の帰りに木田は久しぶりにこの店に入った。そしていつもながらの古本特有の湿った紙の臭いを嗅《か》ぎながら、店番をしている老婦人に「今日は」と言った。

「今日は」

と老婦人は表情のない顔で答え、それから膝においた夕刊に眼を落した。

隙間のあいた棚から棚を見まわしながら木田はこの前に来た時と本が全く同じなのに失望した。ここは進んで古書展などから珍本や初版本を集めてくるような店ではないからそんなことを望むだけでも無理なのだが、それにしても一ヵ月近くも本棚に入れ変りのないのは情けなかった。

彼はそのまま帰ろうかと思ったが、来たばかりですぐ出て行くのも気がひけて、ぼんやりと棚を眺め、意欲のない指で目の前にあった外国小説を一冊、引きだして、パラパラとめくった。

その本はマルグリタ・マルチノという彼の名も知らぬ外国作家の翻訳小説だった。あまりパッとしない出版社から出されたためか、装幀《そうてい》も紙も印刷もそれほど良いとは思えず、そのまま本を閉じようとした時、裏表紙に持主らしい名前と住所が書きこまれているのに木田は気がついた。

その名は菅原綾子とかなり練習をしたような文字で書かれていた。しかし木田が少し驚いたのはこの女性の住所が彼の住んでいるアパートとほとんど番地のちがわぬ場所にあることだった。

本にはどうしたわけか値段がついていない。

「おばさん」

彼は新聞を読んでいる老婦人に声をかけた。

「幾らなの、これは」

老婦人は本を受けとって、しばらく眺めていたが、

「百円でも頂きましょうかねえ。この前、買ったばかりでね、うっかり息子が値段を書き忘れたから……」

とつぶやいた。

その本を手に持って木田は外に出ると表通りの小さな喫茶店で珈琲《コーヒー》を飲んだ。土曜の夕暮だが独身者の上に恋人のいない彼には古本を買うことと珈琲を飲むことしか週末の楽しみはないのだが、今までの彼はそれに別に不満も持たなかった。

アパートに戻って彼は菅原綾子という裏表紙の文字をじっと眺めた。するとこの名前と温和《おとな》しそうな筆蹟《ひっせき》からほのかに白い、痩《や》せた若い女性のイメージが心に浮かんだ。別に理由もないのだがこの名にふさわしい気がしたのである。

自炊で簡単な晩飯をすませてから彼は本をひろげた。彼女が少くとも頁をめくった本を今自分が読んでいると思うと、木田にはなにかくすぐったいような、ふしぎな気さえする。

その時、彼は古本屋では見なかったことに急に気がついた。頁のある部分に目だたないが鉛筆で短い線を引いているのである。おそらくそれはこの綾子という女が、気にいったか、感動した場所らしいので、木田は前後の関係もわからずに、ただ眼を走らせてみたが、ある医者と主人公との会話で、薔薇《ばら》についた害虫を殺す薬を話題にのぼせている箇所だった。この菅原綾子はひょっとすると薔薇を植えていたにちがいないとその時、木田は思った。

彼はあらためて初めからこの翻訳小説を読みはじめた。そして五十頁ほど読んで、ほとんど興味をそそられず頁をとじると、洗面器と手ぬぐいを持って部屋を出た。

「風呂《ふろ》ですかね」

アパートを出ようとした時、管理人に声をかけられた。気さくな男で木田の部屋にも時々、遊びに来て世間話をする。

木田は二、三、彼と言葉をかわして、ふとこの男なら近所に菅原という家があるか、どうか知っているのではないかと思った。

「菅原。ああ、引越しした家だ」

管理人はすぐうなずいた。

「この前、小型トラックが来て荷物を運び出していたから。煙草屋のすぐうしろだよ」

木田はそこに若い女がいたかとたずねようとしたが恥ずかしいので黙っていた。

風呂屋に行って、帰りがけ、その家の前を通ってみることにした。引越しをしたと聞いた時、木田は、この女がもう自分とは無縁になったようで少し残念な気がしたが、どんな家に住んでいたのか、一寸《ちよつと》、見てみたかったのである。煙草屋で彼はすいもしない煙草を買いながら、家の場所を改めてたずねた。

「この先の右から二軒目ですよ。お婆ちゃんが死んで、若い女の人が引越しした家でしょう。もう別の人が住んでいるけどね」

「引越したんですか。行く先は」

「さあ、知りませんねえ」

煙草屋の主人は怪しむような眼で木田を眺めたので、彼はあわててハイライトを持って歩きだした。

あの翻訳小説は引越しをした時、他の本と一緒に古本屋に売ったのかも知れぬ。それならば彼女の売った別の本がまだあの店に残っている筈《はず》だと思った。どんな本を読んでいるのか、木田は好奇心があった。

アパートに戻ってから寝るまで、その小説を読みつづけてみた。

はじめは面白くなかったが、頁をくるにしたがって少しずつ興味がわいてきた。

それは小説というより、仏蘭西《フランス》のノルマンディで実際に起った話だった。一人の女が財産と保険金ほしさに自分の家族――夫と夫の両親とを次々と毒殺した話である。

彼女はそのために周到な計画をたてて、薔薇の虫を殺すという名目で砒素《ひそ》の入った殺虫剤を手に入れ、それをほんの少しずつ家族の飲むスープに入れていたのである。スープに入れてから一年後、夫が死に、それから二年後に夫の母親が死んだ。

ノルマンディのアルビイという小さな町で起ったその事件はながい間、誰にもわからなかった。砒素はその使い方では医者にもわからぬように人を殺せるからである。

読み終った時は既に十一時をすぎていた。木田は便所から戻って布団を敷きながらそんな暗い陰惨な翻訳を菅原綾子が読んだことを奇異な似つかわしくないことに思った。おそらく彼女も内容を知らずに「長い雨」という少しセンチな題にひかれてこれを買ったのかもしれない。

(待てよ)

だが灯を消して体を横にした時、突然今まで考えなかったことが水泡のように頭にうかんだ。

(それならば、なぜ、鉛筆で線など引いていたのだろう)

彼は闇のなかで眼をあけ、やがて起きあがると、電燈《でんとう》をつけて小さな本箱に入れたあの小説をもう一度、枕元で開いてみた。

電燈の暗い光に鉛筆のすじは、ほとんど見えぬぐらいの薄い光沢をおびながら彼の眼にとまった。菅原綾子が線を引いているのは町の医者に女主人公が薔薇の殺虫剤と

して用いる砒素の使い方をそれとなく聞いている場面だった。（その会話が後にはこの女主人公の犯罪を暴露《あば》く切掛《きっかけ》になった）

木田はその薄い鉛筆のすじを見つめながらさっきのように菅原綾子が薔薇好きの娘でそのためにこの線を引いたのかと考えてみた。だがたったそれだけのことで傍線を小説に書くだろうかという疑惑も同時に頭のなかに浮かんできた。確実なことは彼女がこの翻訳小説のなかでこの箇所だけに特別な関心を示したと言うことなのだ。

（なんのためだろう……）

突然、木田は風呂屋の帰りに煙草屋の主人が何げなく呟《つぶや》いた、

「お婆ちゃんが死んだので……」

という声を思いだした。そして太い棒で頭を撲《なぐ》られたような衝撃をその時感じた。

ひょっとすると……菅原綾子はそのお婆ちゃんと煙草屋の主人が言った女に憎しみを持っていたのではないか。そしてこの翻訳小説を読みながら、自分もできるなら同じ方法でその老女をこの世から消したいと考えたのではないか。

（馬鹿な）

そのくせ彼は首をふって即座にその奇怪な疑惑をうち消した。推理小説ではあるまいし、そんな突飛な空想が現実にありうる筈がないことは木田はよく知っていた。にもかかわらず、この想像のために木田の菅原綾子にたいする興味と好奇心とは更

に刺激された。

木田は翌日の日曜日、昼食を近所のソバ屋でとると、すぐに例の古本屋に出かけた。ほかに菅原綾子が売った本がないか、調べてみたかったのである。

書棚から、それらしい小説や翻訳を一冊一冊、引きだして調べてみたが、彼女の名の書いてあるものは遂《つい》に見当らなかった。

「おばさん」

古本屋の老婦人はこの間とおなじように無表情な顔をこちらにむけた。

「あのね、昨日買った本だが……あれを売った人はほかの本も一緒に持ってこなかったですか」

つとめて平静を装ってたずねたのだが、流石に声は妙にかすれていた。

「いいえ」老婦人ははっきりと否定した。

「どうかしたんですか。あの本が」

「いや、別に」

「息子がいのうて、私が勝手に買ったもんだから、憶《おぼ》えているけど、たしか一冊だけでしたよ」

「売ったのは女性でしょう」

「三十近い女の人だったけど……じゃあ、あれはお客さんの本だったのですか」

木田は礼を言って古本屋を出た。いくら引越しとはいえ一冊の本を古本屋に売るとは一寸、考えられぬ話だった。見ようによっては彼女はこの本を手もとにおきたくなかった理由があったのだ。手もとにおきたくないのは、その本を見ると何かを思いだすからだとも言えそうだった。

好奇心はそういう想像にぶつかるとますます、そそられた。平凡な彼の毎日がこの一冊の翻訳小説を手に入れたために突然、変っていくような気がした。

よく晴れた日曜日で三軒茶屋の交叉点《こうさてん》にはいつもと同じように自動車が走り、買物をする人々が歩きまわっていた。その人たちにまじりながら木田はこの菅原綾子という幻の女を調べるためにはどうしたら良いかと考えながら横断歩道を横切った。

第一に知りたいことは菅原綾子が何処に引越したかと言うことだった。次に調べねばならぬのは彼女と同居していたという「お婆ちゃん」が何の病気で死んだかと言うことだった。

彼は交叉点の近くの果物屋で小さな果物籠《かご》を買うとそのまま、昨日の煙草屋から教えられた家に直接ぶつかる決心をした。果物籠を買ったのは引越したことを知らずに遠くからたずねた客のふりをするためだった。

枯れかかった垣根に形ばかりの門があってそこに上林と書いた新しい表札がかかっ

ていた。表札が新しいのは彼女の引越しのあとすぐ、この一家がここに移ってきたことを示していた。

門を入ると八つ手の葉が手にぶつかった。玄関はすぐ眼の前で、子供の三輪車がおいてあった。家の中からテレビの歌がきこえてきた。

「ごめんください」

唾《つば》をのみこんで木田は、いかにも当惑したような表情を顔につくった。はいという声がきこえて、なかから作業ズボンを着た若い男が鋸《のこぎり》を片手に姿をあらわした。日曜大工でもやっていたのであろう。木田は門に入る前に考えていた言葉をよどみなく口に出した。

「ここに来てお宅の表札がかかっていたので、びっくりしたんです、引越したと知らなかったものですから」

「そちらさんはどういう御関係ですか」

若い男は木田の頭から足の先まで眺めながらたずねた。

「木田と言います。実は菅原綾子さんに二週間ほど前、私の落した定期を拾って送って頂いたので、そのお礼に伺ったんです」

この具体的な嘘の返事が若い男を安心させたのか、その表情から警戒的なものが消えて、

「引越しましたよ。お姑《しゅうとめ》さんがなくなられて一人になられたもんだから、この家を売られたんです」

「じゃあ、御移転先か、御主人のお勤め先を御存知ないでしょうか」

姑と住んでいたという以上、彼女が結婚していたことになる。それなのに一人になったから引越したとはどういう意味だろうか。だから木田はわざと御主人の勤め先という言葉を使って探りを入れた。

「いや、菅原さんは未亡人だと聞いていますよ。御主人も一年前になくなられたとかで」

木田は口から声が出そうになるのを懸命に抑えた。菅原綾子の境遇があの翻訳の夫や姑を殺していった女主人公とあまりに似すぎていたからである。

「移転先は」

「知りませんねえ」

「どこかでわからないでしょうか」

若い男は露骨に不快な色をみせて、鋸に眼をやった。失礼しましたと木田は頭をさげ、果物籠をもったまま、八つ手のかぶさった門から出ていった。

探偵の真似もこれで終りだな、と門を出て家をふりかえりながら彼は苦笑した。腐りかかった垣根の間から、古ぼけた小さな家が見えている。この家に菅原綾子は夫と姑と住んでいたのだが、あの小説をどの部屋で読んだのであろう。そして……

（しかし、これは俺の妄想かもしれん）

本当は何もないのかもしれない。疑惑というのは嫉妬《しっと》と同じで歯車が回り始めると次々に別の歯車を回転させていくのかもしれない。

その時、急に一つの考えが頭にうかんだ。そうだ。菅原綾子の移転先は郵便局に行けばわかるかもしれぬ。

「その人なら、こちらに移っていますよ」

日曜日だったが本局の局員はすぐにノートを見て教えてくれた。木田はそれを手帖《てちょう》に書きとりながら、あまりにあっけなく綾子の住所がわかったことに悦《よろこ》びとふしぎさとを同時に感じた。住所は渋谷《しぶや》の宮益坂《みやますざか》から青山《あおやま》にのぼる一角を示していた。

木田はこのまま、その住所をたずねて見ようと思ったが、何かすべての楽しみが早く終るような気がしてアパートに戻った。もう夕暮にちかくなっていて、アパートの下で子供が歌を歌っていた。夕暮、子供が歌を歌っているのを聞くと木田はなぜか、わびしい人生を感じる。彼は窓にもたれながら自分がこんな物好きな一日を送ったのも長い独身生活のせいだと思った。故郷の両親は早く彼が身をかためるのを望んでいた。

そのくせ、彼はやはり菅原綾子のことをやはり色々と空想した。たとえ一冊の小説から引きおこされた自分の妄想が全く当っていなかったにせよ、その本の持主だった彼女に会うのは悪くないと思う。少くとも、どんな顔の女か一眼でも見ておきたいと考えた。

「木田さん、今日はおかしいわよ」

翌日、会社で一日中、落ちつかぬ彼にタイプをうっている女の子がふしぎがって、

「日曜日に何か、いいことがあったみたい」

「いいことって」

「素敵なひとと知りあったんじゃない」

女の子は別に他意なくそう言ったにちがいなかったが木田はまるで自分の秘密を知られたように顔を赤らめた。

夕暮になって会社を出ると街は灯にうるんでいた。木田は期待に胸をはずませながらバスに乗って、青山学院の前でおりた。そこから宮益坂にむかうあたりに、菅原綾子は住んでいる筈《はず》だった。

しばらく探しまわった揚句、彼が立ったのは一軒の小さなスナック・バアの前だった。木田は手帖に書いた住所とこのスナックの番地とをたしかめたが、間違いはなか

った。

ためらった後に店の扉を押した。そして二日前からあれこれと心に描いた女性をそこに見た。和服を着た女がカウンターで客らしい若い男と向きあって何か話をしていた。そして木田をみると、

「いらっしゃいませ」と顔をこちらに向けた。

自分が想像していたイメージと実物の彼女とがほとんど違わないのに木田は驚きを感じながら止り木の丸い椅子に腰をおろした。山本陽子《やまもとようこ》という女優ほどの美人ではないが、あれを一寸翳《ちょっとかげ》らせたようなその顔も、痩《や》せた首すじも彼の考えていたとおりの女だった。

彼女は先客から離れて木田のそばに近よってきた。木田はビールを注文してから、向うに戻っていく彼女の後姿をじっと観察した。

「じゃ、また、来るからね」

若い男はやがて勘定をおくと、店から出ていった。二人きりになった時、木田は何かを話さねばならぬと思った。

「開店したばかりですか」

「ええ」彼女はビールをつぎながらうなずいたが、その手つきは素人ぽかった。その手つきを見ながら俺の空想はどうやら間ちがっていたと木田は思った。こんな

女性が夫や姑に薬を飲ませる筈はない。そんなことは夢にも考えぬひとだ。

「開店して三日とたっていませんからまだ不馴《ふな》れでごめんなさい」

「この仕事、初めてでしょう、あなたは」

少しのビールが彼を軽く酔わせ、いつもとはちがって口数を多くさせていた。

「よく、おわかりですね」

「ビールをつぐその手つきが、どうも素人ですから」

菅原綾子は申しわけなさそうな顔をして、

「わたし、これまで会社に勤めてたんです」

「じゃあ、よく、この仕事に踏み切られましたね」

すると綾子の顔に不安な警戒するような表情が一瞬だがかすめた。

木田はできることなら、彼女にあらぬ疑惑をかけたことを詫《わ》びたいと思った。しかし自分がなぜこの店に来たかを正直に説明すれば彼女は驚き、怒るにちがいない。だがあの翻訳小説を買ったぐらいはしゃべってもかまわないだろう。

「あなたは花が好きですか」

「花ですか。好きです」

ピーナッツを受け皿に入れて彼女は微笑んだ。

「薔薇《ばら》が好きですか」

「薔薇？　いいえ。薔薇より、もっと温和《おとな》しい花のほうが好きです」

「そうか。ふしぎだな」

木田はうつむいて、ビールの泡をみつめた。

「どうしてですの」

「いや。何でもない。思いちがいです。実はぼくは二日前に三軒茶屋の古本屋で、あなたの売られた翻訳小説を手に入れましてね」

すると彼女の顔がまるで映画のクローズ・アップのように驚きでゆがんで木田の眼にうつった。

「あなたはあのなかで薔薇の殺虫剤の箇所に線を引いていたでしょう。だから薔薇づくりの好きな人かと思ったんです」

木田はあらためて疑惑を再燃させながら一気に言った。今の驚いたこの顔にはやはり何かの秘密があると思った。

「あたし……憶《おぼ》えていないわ」と彼女はかすれた声で言った。「お客さまも三軒茶屋に住んでいらっしゃるんですの」

「そうです」

「あの本はほかの本や雑誌と屑屋《くずや》に売ったんです。でも……どうして古本屋に行ったのかしら」

向うをむいてコップを洗うふりをしながら彼女はそう言った。その感じで嘘をついているなと木田は感じた。しばらく沈黙が続いて、

「なぜ私がその本を売ったと、わかったの」

「それも忘れているようですね。あなたは本に御自分の住所と名前を書いていたんです」

「あら」狼狽《ろうばい》した声だった。木田はそれ以上、怪しまれないためにその女の名から自分が一寸した好奇心で郵便局に移転先をきき、ここに来たのだと面白そうに説明した。

「シツこい、妙な男だと思うでしょうね。でもあなたの名を見て、和服のよく似合うような美人を想像したので、会ってみたくなったのです」

菅原綾子は笑ったが、その笑いには無理矢理につくったものがあるように見えた。一本のビールを飲むと木田は勘定をたのみ、腰かけから立ちあがった。

「お名前をうかがうのを忘れていましたわ」

と綾子がさりげなく言った。

「木田です」

「三軒茶屋のどこにいらっしゃいますの」

「あなたの近くです。福寿荘という古いアパートです」

「福寿荘なら、見たことがありますわ」

外に出て、木田はたった今、綾子が必要もないのに彼の名と住所とをたずねたことを怪しいと思った。もし普通のスナックのママなら突然、来た客の名や住所をわざわざたずねる筈はない。彼女はおそらく、木田を怪しんだにちがいない。こりゃ面白いことになった。

面白いことになったぞ、と木田は嬉《うれ》しがった。一冊の古本が自分のうるおいのない平凡な生活にひょっとすると、大きな秘密を持っているかもしれぬ女を登場させてくれたのだ。今、考えるとあの本の百円という値段は決して高くはなかった。

その次の日曜日。木田が昼の食事をとりに外に出ようとして、アパートの新聞受けを何げなく見ると、自分のボックスに二枚の紙が突っこまれているのに気がついた。何げなく手にとると一枚は広告のチラシで、もう一枚は白い封筒だった。封筒の上に見おぼえのある字が渓流のように流れていた。

「前に住んでいた家にあずけたものを取りに参りましたが、アパートの前を通りかかりましたのでこの紙を入れておきます。また近く店においでくださいまし。夜はこみますので土曜の六時頃はすいております。菅原」

木田はその文字をじっと見つめていた。封筒のなかの白い葉書には、

「このたび、こんなお店を開くことになりました」というあのスナックの開店通知が印刷されていた。

「土曜の六時頃はすいている」とわざわざ書いている綾子の言葉が想念にひっかかる。

(あの女は……俺と二人になって、探りを入れようと思っている)

瞬間的にひらめいた想像はそうだった。

(俺から、どの程度、自分のことを知っているか調べたいのだ)

よし、虎穴《こけつ》に入ってやろう、挑戦に応じてやろうと木田は頰に笑をうかべてうなずいた。思いきって冷たい水に飛びこむような心境だった。

予感していたように土曜日の夕方の店には誰もいず、うす暗い店の奥に綾子が一人ほの白い夕顔のようにたっていた。

「来ましたよ」と木田はうす笑いをつくって言った。俺は何もかも知っているのだぞ。

「ビールを下さい」

「いつもビールを召し上るんですの」

「いや、そうとも限りません」

「なら、私がカクテルを作りましょうか。バーテンが明日から来てくれるんですけれど。いいえ、奢《おご》らせて頂きますわ。今日は」

木田は怪しむように綾子を見た。この間とはちがって妙に馴々《なれなれ》しくしてくる。カクテルを奢ってくれるという。懐柔しようとしているのだな。

シェーカーをふった時、綾子の白い腕が木田にはなまめかしく見えた。わざと白い腕を見せて色じかけで来るのかと思った。

オリーブをグラスに入れながら綾子は木田の仕事をたずねた。木田は俺を警察関係か、どうか探っているなと感じた。

「どうして、こんなスナックをやる気になったんですか」

「死んだ主人がやはり、そんな仕事をしていましたし、それに姑《しゅうとめ》がなくなって、一人になった時、思いきってあの家を売って主人の仕事をつづけてみようかと思ったんです」

彼女は少し眼をふせて悲しそうに言った。

「御主人は何の御病気でなくなられたんですか」

綾子がつくってくれたカクテルは少し、甘口だった。

「自動車事故です」

「お母さんも事故ですか」

木田は酔が頭にまわるのを感じながら、お母さんも事故ですか、と皮肉をこめてたずねた。

「いいえ」

「ほんとに？」

「癌ですわ。でも、どうして事故だなんて……」

「別に」

彼はカクテルをいつの間にか飲んでいた。

「おいしいでしょうか。そのカクテル」

「うまいですよ」

菅原綾子はふたたび白い腕をだしてカクテルをつくってくれた。

「どこの医者に診てもらったのですか。あなたのお母さんは」

「国立第二病院に入院させました」

「あなた、ずっとつき添っていたんですね」

綾子は木田の顔をじっと見て、

「なんだか、木田さんって、刑事みたいな聞き方をなさるわ」

「まさか……刑事じゃありませんよ。ぼくは」

彼はあわてて新しいカクテルに口をつけた。その時、軽い眩暈《めまい》を感じた。

瞬間、頭にひらめいたものがあった。このカクテルを俺は飲んだ、ということだった。カクテルは菅原綾子が作ってくれたのだ。しかも頼みもせぬのに、奢ると言ったのだ。俺は知りすぎていたから、彼女の夫や姑のように……砒素《ひそ》を入れた……

「どうかしましたの」

驚いたように菅原綾子は叫んだ。

「このカクテルに……」

そして木田は椅子から転げて、床に落ちた。

気がついた時、医師の顔が真上にあった。見しらぬ部屋だった。女くさい部屋だった。あッと思った。ズボンもぬがされている。そして女物の寝まきを着させられている。

「心配いらんですよ」中年の医師は注射を木田の腕からぬいて言った。

「空腹につよい酒を急に飲むと、脳貧血を起すことがよくあるんです。あなたは、何も食べなかったでしょう」

木田は恥ずかしそうにうなずいた。

「この寝まきは……」

「この店のママさんのですよ。気を失われた時……あなた、失禁されましてね」

「失禁？」

「ええ。おシッコをたらしたんです。で、ママさんがズボンとパンツをぬがせてくれたんですな。親切な人だ。すぐ電話をかけて私をよび……」

「あなたは……国立第二病院の医者ですか」

「いや、すぐ近所の町医者です。ここに飲みに来ます」

「砒素は。私は砒素を飲んだんじゃ……」

「何を言っているんですか。砒素がどうかしたんですか。あなたが砒素をどうかしたのですか」

「ちがいます。ただ、砒素を飲んだんじゃないかと思って」

医師は笑いながら木田の腕をとって「砒素を飲めば、ここに斑点《はんてん》ができます」と言った。

「ママによく、礼を言うんですな。いや、診察代は彼女が払ってくれました。もう大丈夫です」

医者が戻ったあと、女の寝まきを着た木田がじっと坐《すわ》っていると、菅原綾子が下からズボンとパンツを持ってのぼってきた。

「誰でもあることですわ。恥ずかしがることないわ。パンツは洗っておいたし、ズボンはもみ洗いをしてアイロンかけますけど、洗濯屋に出してくださいね」

「これは……あなたの部屋ですか」

「店の二階です。こんなところに住んでいるんです」

人形箱に三面鏡にソファ・ベッド、それに本箱に二、三十冊の本が入っていた。二、三十冊の本はいずれも翻訳小説らしかった。

二ヵ月後に木田と菅原綾子は恋人になったが、彼女は木田をからかうように、

「あなたのおシッコの始末をしたのが、二人のはじまりね」

木田は苦笑しながら、その前に古本屋で手に入れた一冊の本があると言った。

「しかし、君は、なぜあの小説の殺虫剤のところに線を引いていたんだい」

「本当のことを言いましょうか」

「ああ」

「本当はあの頃、私の家に家ダニが発生して困っていたの。だから家ダニを殺す薬のことを考えて、あの線を引いたの」

おシッコといい、家ダニといい、ロマンチックな切掛《きっかけ》ではないものが自分たちを結びあわせたのだと彼はぼんやり思った。もちろん木田は彼女を夫殺し、姑殺しと想像したとは一語も言わなかった。

偽作

この恥ずかしい話は、年も四十に近く、世間も充分知ったつもりの一人の男が、初めて女の怖《おそ》ろしさを噛《か》みしめさせられた告白なのだが……そうです、その男とはこの私であり、御想像通りこの出来事があるまで私は亡くなった妻以外には殆《ほとん》ど女らしい女の味も知らずに過してきたのだった。

妻は六年前の夏、腎臓《じんぞう》を患って、信濃町《しなのまち》の慶応《けいおう》病院で亡くなった。国電が通りすぎるたびに窓硝子《ガラス》がゆれ、黄昏《たそがれ》になると西陽が暑くるしく照りつける病室だった。むごい言い方だが結婚して以来、ほとんど寝たり起きたりの妻を、会社で疲れた躰《からだ》に鞭《むち》うちながら長年のあいだ看病せねばならなかった私は、

「奥さんには黙っていますが、秋までどうでしょうかな……」

そう主治医から暗い表情で打明けられた時、やはりホッとした気持を抑えることはできなかった。

妻は妻で病人の本能から自分の死期を予感していたようである。予感していただけ

に痩《や》せた手で私を握りながら、三歳になる男の子のことが気がかりだと泪《なみだ》をうかべ、

「あたしが死んだら再婚なさるでしょうけど……墓まいりぐらいはしてくださいますね」

「馬鹿いうんじゃない」

「いえ、いいんです……でも相手だけは選んで頂戴《ちょうだい》。女ってね、あなたが考えているより……」

その時、病室の向い側を国電が鈍い音をたてて通りすぎ、妻のあとの言葉を消した。その国電の音が遠ざかると外苑《がいえん》の樹《こ》だちのなかからひとしきり蜩《ひぐらし》のなき声がきこえ、そして西陽が容赦なく窓からベッドの上の妻の汗にぬれた額の上にふり注いだ。

妻が息を引きとったのもこんな黄昏だったが、私はむかし学生時代に習った「一生《いっしょう》作《な》すに慵懶《ものうし》」という詩を白布を顔にかぶせた妻の枕もとでぼんやり味わっていた。長い間の看病も終ったのだと言う空虚感と同時に、ある解放感が胸の底からゆっくりとこみあげてきた。

初七日がすむと勤め先に戻った。日本橋《にほんばし》にある薬品問屋で私の一族が経営している会社である。宴席などで小唄《こうた》一つ歌えぬ私はほかの勤め先に宮仕えでもしておれば、とても出世の見込みはなかったろうが、同族の一人という理由でとも角、部長の席はもらっていた。会社に行っている間は三歳の子供は老母と女中が面倒をみてくれてい

たし、妻を失った空虚感を埋めるため私は今までになく糞真面目《くそまじめ》に仕事に励んだ。会社からの帰り道、デパートなどに寄ってその三歳の子のために玩具《がんぐ》を包ませながら私は自分をそれほど不幸ではないと思うのだった。

妻が死んで一年経った時、奨《すす》める人があって私は再婚の見合いをした。私は自分のためというよりは、子供のために新しい母親を迎えるのが良いのではないかと考えた。老母や女中に育てられれば子供の心はやはり歪《ゆが》んでしまうようである。それよりは寧《むし》ろ、たとえ継母であっても理解ある情愛で教育してもらうほうが、子供の将来のためにも良い結果になるのではないかと考えたのである。

相手はまだ初婚だが、しかし二十九歳という、ある程度、年をとった女性だった。仲人《なこうど》の話ではその女性が今まで結婚しなかったのは、決して家庭や健康上の理由ではなく、当人の意志——小説を書きたいという彼女の意志のためとのことだった。

「小説をねえ……」私は少し憮然《ぶぜん》として呟《つぶや》いた。「ぼくあ……そういう方面はさっぱりなのですが」

仲人はそれは問題じゃないと笑いながら、

「ただ向うさんの希望としてはね……結婚後も小説を勉強したいということらしいんだが……尤《もっと》も主婦としての勤めは疎《おろそ》かにせぬ範囲ならそれも良いじゃないですか……」

見合いは築地《つきじ》のある料理屋で夕暮行われた。その女性は縁のない眼鏡をかけ、平紹《ひらろ》の着物を着てあらわれた。打水をした庭には青苔《あおごけ》のむした石にかこまれた池があり、暗い池の中で時々、鯉が鋭い黒い線を描いて動いた。黄昏の陽がその池の面に光り、どこかでこんな街中には珍しい一匹の蜩の声がきこえてきた。私はなぜかその時、亡くなった先妻があの慶応病院の病室でこれと同じような夏の夕暮に私の手を握りながら言った言葉を心に甦《よみがえ》らせた。

「でも相手だけは選んで頂戴。女ってね、あなたが考えているより……」

私はその女性が眼鏡の奥に表情を強張《こわば》らせながら池の面を眺めているのをぬすみ見て、仲人にそっと承諾の意を示したのだった。

式はお定まりのように雅叙園《がじょえん》で開いた。式のあと、私たちは親戚《しんせき》と少数の知人に送られて箱根《はこね》に発《た》ち夜おそく強羅《ごうら》についた。

宿の背後は暗い山だった。窓をあけると渓流の音がかえって山と闇《やみ》との黒さを深めるのである。女中が気をきかしたつもりなのであろう、閾《しきい》に手をついて、

「お家族用のお風呂《ふろ》を支度しておきましたけれど……」

と真顔で知らせにきた時、私は籐椅子《とういす》に躰を固くして腰かけている新しい妻の心をときほぐすため、

「どう……汗を流しに行きませんか……」

そう気さくな調子を装って促したのだが彼女は黙っていた。私がもう一度、おなじ

言葉を繰りかえすと今度は眼鏡をキラと電燈《でんとう》の灯に光らせて首をふった。私はそれを彼女の女らしい羞恥心《しゅうちしん》と思った。

しかしその夜、渓流のせせらぐ音を耳にしながら枕もとの灯を消した時、彼女は闇の中ではっきりとした声で反抗した。

「今夜は、疲れていますから、やすませてください」

恥じらう小さな声ではなく、むしろ石のように固い、こちらの意志をつめたく撥《は》ねつけるような声だった。そして翌日の夜彼女は私に躰をゆるしたのだが、それもじっと躰を棒のように硬くさせたままなにかを辛抱しているような許し方だった。枕元の灯をつけた私は彼女があの縁のない眼鏡をかけたまま横になっているのに気がついた。

新しい家庭生活が始まった。こうして二度目の妻を迎えたとしても私自身としては老母をこのまま一緒に住まわせたかったのだが、なぜか妻はそれにかたくなに反対した。私は仕方なく老母を故郷に戻らせた。

四歳になった子供にたいしてあたらしい妻は世話をやくことを怠らなかった。たとえばカロリーのある食事を女中に作らせ、月ごとに医者に検診をたのみ、街へ出てその身のまわりの品物などを買ってくる。だがその世話の仕方にはどこか継母としての義務以上のものが感じられなかった。私としては彼女にそれ以上を求めるのが無理なぐらいわかっていた。妻は決して子供を叱りもしなければ勿論《もちろん》叩《たた》きもしなかった。子供がなにか悪戯《いたずら》をしても、あの眼鏡の奥に表情を強張らせたまま、チラリと見おろしているだけだった。私は亡くなった先妻がこの長男をよく声をあげて叱っていたのを思いだし、このちがいに実の母と義母との心理の差をまざまざと見せつけられたような気持になった。

結婚前、仲人が相手方の条件として申し込んできたように、妻は結婚をしたのちも小説の勉強を続けているらしかった。らしかった、というとおかしな言い方だが、実際、彼女は自分が小説を勉強している姿を女中にも私にも決して見せたことはなかった。襖《ふすま》をしめきって一時間も二時間も部屋を出てこない時、私も女中もなぜか、急に足音を忍ばせねばならぬような義務感に駆られるのである。妻が書いているものが、どんな内容のものなのかは勿論、私の知るところではなかった。仲人に言ったように文学なぞには全く縁のない私が、妻にそんなことを訊《たず》ねれば、彼女があの縁のない眼鏡を光らせて、冷笑とも軽蔑《けいべつ》の笑いともつかぬものを頰に浮べるような気がする。そして月に一回、彼女は彼女がそれに加わっている同人雑誌の集まりに出席しているようだった。その雑誌には木田とか岡野とかいう男やまた坂井とよぶ女性も参加しているらしい模様を、私はうすうすと知っていた。もちろん顔はみたことはないのだが、時々、そんな男たちから電話がきているようだったからである。

そんな時、妻の顔は私に見せたことのないような赫《かがや》きを……赫きと言うのが大袈裟《おおげさ》としても受話器にむかってなにかはずんだような声さえあげるのだった。

私は妻に寛大なところと、理解のあるところを見せるため、時々、会社の帰り、同僚などがよく話題にのせる評判の小説を買ってひそかに読んでみるようになった。こんな小説の話を妻との会話のなかに不意に織りこんだら、相手はどんなに驚くであろうかと期待したからである。

だが、この夫としての小さな努力もかえって逆な結果を生んでしまったのだ。ある夜、晩飯の時——私の横には長男が富山県から出てきた女中に魚をむしってもらっていた——私は何気ないふりをしてひそかに読んでおいたベスト・セラーの話をしはじめた。だが妻は箸《はし》を動かすのをやめると白けた顔を私の方にあげて憫《あわれ》むようにひくい声で言った。

「そんなもの……文学じゃ、ありません」

赤面して私は眼を伏せた。私の胸は屈辱でにえたぎり、二度と彼女の前で自らの知らぬことを口の端《は》にのせまいと思ったのだった。

結婚して半年はこのように過ぎていった。私としては内心では妻にできることなら文学などやめてもらいたかったのだが、主婦としての勤めを一応はきちんと片付けてはいるし、その上向うの結婚の条件にこれが含まれていた以上、今更文句を言うわけにはいかなかった。むしろ考えようによっては家庭を放りだして外出されるよりはこの方が無難な趣味といえば無難かも知れなかった。

半年ほど経ったある夜、妻は私にこんな申し込みをした。

「あたし……今夜から別の部屋で寝かせてもらいます」

「と、言うと？」

こちらは合点がいかず、ふしぎそうに顔をあげた。彼女の言い分は自分は夜、小説の勉強をしたいのだが、二人が寝室を一緒にすればどうしても妨げになると言うのである。

私はこういう場合、女と口争いをしても無駄なことを知っている年齢だった。私は黙って彼女の申し出に従った。

ある事件があったのはたしか、そんな風に妻と寝室を別にしてから一ヵ月ほど経った時だった。その日、私は会社で急に気分が悪くなって午後三時ごろ、家に戻ったのである。

昼さがりの私の家のあたりは非常に静かだった。裏木戸が開いていたので、私は舌うちをしながらその木戸に鍵《かぎ》をかけ、いつもなら玄関に真直ぐに向うかわりに庭を通った。午後の柔らかな陽が二階の手すりに干してある子供の布団を照らしている。ふしぎなほど家の中は静かだった。

と、これは全く偶然だったのだが、私は突然陽がそこだけ翳《かげ》っている客間の硝子《ガラス》窓のむこうに、一人の中年の男がいるのに気がついた。こちらからはその容貌《ようぼう》や姿ははっきり見えないのだが、男は椅子に腰をおろして何かノートのようなものを読んでいるようである。そして妻は妻で、机に向って筆を動かしていた。

(何処の男だろう……)

この二人の恰好《かっこう》は別にいまわしい想像を起さすようなものではなかった。しかし私はもっとその中年の男の顔や行動をみるために部屋の窓の下までそっと近づいていった。

顔のひどくむくんで蒼黒《あおぐろ》く、そして額が禿《は》げあがった男で、私には生理的に不愉快な感情をもよおさせる顔だちである。もちろん結婚して以来、妻から一度も紹介してもらったことのない人間だった。

「この小説の題は、『風の果』ということにしよう」

嗄《しわが》れたイヤな男の声がきこえた。しかしそれよりも私を驚かせたのは、妻が、

「はい」

素直に返事をしていることだった。私はこの男がまるで彼女の兄か夫のような調子で物を言っているのに驚いた。

「それじゃ、これで今日は帰る」

男がたち上り、妻がそのあとに従って玄関に送っていくかすかな気配がした。私は

あわてて午後の陽が白く照りつける塀のかげにかくれた。玄関で二言、三言、二人はなにかを話しあっていたが、やがて、

「じゃア」

男は固い靴音をカツ、カツとならせながら去っていった。

そのまま直ぐ家に入ればよかったのだが、なぜか私は長い間ためらっていた。二人の動作には何処にもいまわしいものはなかった。いまわしいものがないだけに余計に疑いが残るような気がするのだった。

(馬鹿な、証拠もなにもないじゃないか……同じ雑誌とやらの友だちかもしれないな)

私はそう自分に言いきかせながら家の門を出て近所の商店街を少し歩きまわった。

すると私の家の女中が子供をつれて映画館の前にしょんぼりたっていた。

「どうしたんだ。今ごろ」

「はい。奥さまが」富山県から来た女中は懸命に東京弁を使おうとしながら「奥さまが坊っちゃま連れて映画みてきなさいと言いましたから……」

「おっしゃいました、と言うんだよ」

私は彼女の言葉を直してやりながら、疑惑の念をますます強めた。

家に戻ると、妻はいつもと少しも変らなく能面のような無表情の顔で私を迎えた。

私はなぜか亡くなった先妻のことや、先妻が死んだあの西陽のカッとあたっていた慶

応病院の病室のことを思いだした。

「何か、変ったことがあったかい」

着がえをしながら私はふいに言葉をかけた。しかし妻は縁なし眼鏡をキラリと光らせたまま、

「いいえ」

平然と答えただけだった。

事は思いがけないほど早くやってきた。妻がある有名な文学雑誌から新人賞をもらったのである。

それは例の出来事があってからしばらくしての事だった。その知らせが我々のところに届いたのは夜だった。私は子供を膝《ひざ》にだいてテレビを見ていた。テレビはつまらない西部劇をやっていて、二人の男が野原のなかで立ちあがったり撲《なぐ》ったり、転んだりしていた。女中は勝手口で洗い物をしていたし、そして妻は妻で例によって自分の部屋に閉じこもっていた。そこへ電話がかかったのである。

電話に出たのは私だった。受話器のむこうから、少しはずんだ若い男の声がきこえた。

「岡倉さんのお宅ですか、……ええ、先ほど銓衡《せんこう》の結果がきまりまして……岡倉さん

の『風の果』が新人賞にえらばれたのです。御主人ですか。おめでとうございます。……じゃ、奥さんを恐れ入りますがお電話口にだして下さい」

私は大急ぎで妻の部屋に行き、大きな声をかけた。電話口に出た妻は案外落ちついて右手に受話器をもちながら、言葉少なく、礼を言っていた。そして時々、なにか窺《うかが》うように眼鏡ごしに子供を膝にのせてその声に耳をそばだてている私の顔をチラッ、チラッとみた。

突然、私はたった今、出版社の人が言った妻の作品名がたしか『風の果』という題名だったことを心に思い出した。風の果……どこかで確かに聞いたような題である。やがて私の記憶の閾《しきい》の底からあの日、そこだけ陽の翳っている応接間に腰をおろしていた蒼黒いむくんだ顔の中年男の姿がゆっくりと浮んできたのである。もしも私の記憶にちがいがなければあの男は、

「この小説の題は風の果としよう」

そう妻に言ったようである。そして妻はそれにたいし「はい」と返事をしたようだった。

たった今、妻の入賞をきいて胸に湧いた私の悦びに不意に不潔な染《し》みが落ちたような気がした。妻の作品『風の果』とその中年の額のはげあがった男との間にどういう関係があるのかはわからない。わからないがこの男が夫である私の知らぬ領域に介入

していることは確かだった。しかし、その男のことを今、妻に面とむかって口に出すのは気の弱い私にはとてもできなかった。

妻は受話器をおいて、私をふりかえった。

「よかったじゃないか」

「ええ」

しかし、不思議なことに彼女は非常にうかぬ表情をしていた。

「どうしたんだ」

「何でもありません」

「お祝いに葡萄《ぶどう》酒ででも乾杯しようか」

「今夜は、疲れていますから、休ませてください」

この言葉は私に新婚の夜、二人が強羅で送った夜のことを思いださせた。渓流の音が闇のふかさを一層まし、山の冷気がひしひしと迫ってくる宿の部屋のなかで、灯を消した私が彼女の躰《からだ》にふれようとした時、はっきりと耳にした言葉がこれである。そして彼女は縁なし眼鏡を顔にかけたまま私に躰をいじらせたのである。

私は自分が妻から愛されていないことをしみじみと感じたのはこの時だった。

小説のことや所謂《いわゆる》文学の世界など全く知らぬ私は、その日から妻が急に雑誌社や放送局に追いかけられるのを、ただもう驚きながら見守っていたのを憶《おぼ》えている。電話がひっきりなしに鳴り、見しらぬ人々が次から次へと小さな私たちの家にたずねてきた。その人たちは初めは私を見ると愛想笑いをしていたが、やがて私が横にいてもほとんど木や石をみるように黙殺しはじめた。人々がたずねてくるのは妻にたいしてだけであり、私にたいしてではなかった。

私は妻の小説をそっと読んでみた。それは北海道の炭鉱で働く男たちの世界をかいたものだった。私は炭鉱のことも知らぬ彼女がどうしてその内部の世界をこんなによく知っているのかふしぎだった。

また私は新聞や雑誌を集めるだけ集めて『凪の果』にたいする批評文にわからぬなりにも眼を通してみた。こういう専門的なことには不馴《ふな》れな私だが、その大半は「男性作家のような物のみかた」とか「女の作家でありながら女の心理よりは男の心理をよく観察している」といった見方をしていた。

妻はそれほど出版社や雑誌社に追いかけられながら、次の作品がなかなかできないらしかった。毎日、毎日、彼女は部屋にとじこもっている。今まではとも角も決して怠ったことのない家事もこの頃は女中まかせだったし、子供の食事やお八《や》つでさえ、この富山県から出てきた小さな女中がすべてやっているようなのである。

私は最初の妻を失ったあと、小説家の女を妻にもらう気持は毛頭なかった。「家事や主婦の仕事に妨げのない限り」という仲人《なこうど》の条件をそのままのみ込んだのである。

それが今はすべてが逆になってしまったが、私は妻が有名な小説家に少しずつなっていくのも楽しかった。

「どうだ。少しは進んでいるかい」

晩飯の時など、私は憔悴《しょうすい》して部屋から出てくる妻に卑屈な声をかけた。だが妻はそれに返事もせずペッタリと食卓に坐《すわ》ると嫌々そうに食事を口に運ぶのだった。

「もうそろそろ、締切ちかいんだろ」

門前の小僧習わぬ経を読むの諺《ことわざ》通り、近頃は私も締切だの注文だのという言葉を憶えていた。

だがその月、彼女は遂《つい》に注文をうけたどの雑誌にも原稿を渡すことができないらしかった。

「あなた断ってきて下さい。あたし、今の気分ではとても雑誌社の人に会うのは嫌なんです」

会社への行きみち、私は妻にかわって雑誌社に一つ一つあやまりに行かせられた。こうした世界のことは何一つ知らぬ私はただもみ手をして頭をさげるより仕方なかったが、中には、

「そうですか。新人賞に入選したぐらいでねえ、締切を守らないようになるのですか。まるで大家ですな」

そうイヤ味を言われる場合もあって、流石に胸にこたえるのである。

だが、妻はその次の月にも遅々として仕事が進まないようだった。例の彼女の勉強部屋に閉じこもるかわりに、ぼんやり廊下の籐椅子《とういす》に腰をかけて庭を見ていることが多かった。庭といっても、花一つない小さな庭だった。古新聞やこわれた玩具《がんぐ》の片端が落ちていたがこの頃の妻は女中にそれを掃除せよと命ずるわけでもない。思いなしか、随分痩《や》せてきたように見えた。

「なにも書けないのかい」

私はできるだけ妻の機嫌にさわらないように、おずおずと訊《たず》ねた。

「書けないんじゃありません。書かないんです」

「どうして……」

「あなた、お金を出して下さい」

「お金?」

「そうです。お金さえあれば、私の作品は……できるんです」

妻の頬になにか挑むような嗤《わら》いがゆっくりと浮んだ。

「なんだか、よくわからないね……」

「あなたは……」彼女は例によって一句、一句はっきりと言葉を区切って言った。

「私が本当にあの小説を、書いたと思っているんですか」

それから嗤いがふっと消えて縁のない眼鏡をかけた凍りついたような顔がそこに残った。

私はまだ妻の言うことがよく理解できなかった。よく理解できないままに、

「じゃ、別の人が君の代りに書いたとでも言うのかね」

半ば冗談でそう口に出して、言い終った瞬間、あの額のはげた、顔色の蒼黒《あおぐろ》い中年の男のイメージがはっきりと甦《よみがえ》ってきたのだ。

「そうですわ」

妻は突然たかい声をだして笑った。たかい声というよりは引攣《ひきつ》ったような笑声だった。

「風の果はあたしの小説じゃありません。それを買って写しただけなんです」

「そんな馬鹿な」

私たちはしばらく黙ったままたがいに顔を見つめあった。こちらにはまだ妻のいうことが信じられなかった。仕事に疲れたため、そんな少しあくどい冗談を言っているのではないかと思ったのである。

「じゃ、なぜ……その人は自分の名前で小説を発表しないのかね」

なにもわざわざ他人である妻の名前をかりて自分の作品を世に問う必要はないじゃないかと言うのが私の言い分だった。しゃべりながら何時の間にか私はその代作者と

中年の男とをからませながら考えているのだった。

「その人というのはいつか、家に来てた男かい。顔色のひどく悪い……」

「見たのですか」と妻は眼を鋭く光らせてひくい声で言った。

「ああ……」

「叔父《おじ》です……」

妻はぷつりと言葉をきった。それからしばらく黙っていたがやっと口を開いて話しはじめた。

その中年の男というのは戦争中京都の私立大学を出て一時同人雑誌などで名の売れた小説家の卵だった。戦争中に兵隊にとられて満洲《まんしゅう》で生活した後、終戦後ソ連の捕虜になって中央アジアのある収容所に連れていかれた。ながい間、音信不通だったため、親類の妻などでさえもその叔父は死んだと思っていたのである。それが、いつの間にか帰っていたのだった。妻は一年ほど前――そう結婚してから間もなく、夕暮の新宿《しんじゅく》でバッタリ顔を合わせたのだと言う。

「そこまではわかったよ。だが、なぜその叔父さんはお前の名で小説を発表しなければならないんだ」

「お金がいるからですわ」

「自分の手で雑誌社に持っていけばいいじゃないか」

「叔父は収容所で……」妻は唾《つば》をゴクリと飲んだ。「日本人にひどく恨まれたんです。帰っているのが知られると大変なことになるでしょう」

彼女はそれだけ言っただけだった。私はずっと昔、Yという男がやはりシベリアの収容所で「暁に祈る」という事件を引き起したため、犠牲になった同胞に烈しい憎しみと恨みとをかって刑に服さねばならなかったことをなぜか思いだした。

「じゃ、偽名を使えばいいのに。ペン・ネームというのがあるんだろう」

「そんなことをしたって今のジャーナリズムじゃすぐばれます。本当は叔父の頼みをきいた時あたしが……」

あたしが、と言いかけて妻は口をつぐんだが、妻の言いたいことはすぐ私には理解できた。彼女は名声をえるという虚栄心にまけて、叔父がひそかに書いた作品を自分の名で懸賞に送ってしまったのだった。

長い間、私たちは黙っていた。隣の部屋からなにも知らぬ子供が女中をよんできて積木を遊ぶ音がきこえてきた。妻は女中の耳にはいらぬよう声をひそめて、

「あれが入選したあと、叔父は子供の病気ですぐ小説が書けなかったんです。だからこちらもその子の治療で五万円ほど渡さなくちゃなりません」

男は自分の知られたくない前身をかくし、妻は作家になりたい虚栄心にまけて、互いに自分の持っているものを貸しあったのだった。

「でないと出版社に偽作の件もわかってしまうかもしれません」

これは脅迫だった。五万円は私にとってそう楽な金ではなかった。しかし都合しようと思えば都合できない額ではなかった。

「ええ、五万円さえ都合してくれれば叔父は次の小説を書いてやると言っていました。あたしが馬鹿でした。馬鹿なまねをしたのです」

彼女は眼鏡と眼との間に指を入れて泪《なみだ》をふく様子をした。

その夜、私の寝室に彼女は進んではいってきた。私はかたい痩せた彼女にふれるのが何か不潔なような気がしてわざと動かなかった。

「怒っているんでしょう……けど、わかって下さい。今となっては……」

「自分の手で自分の実力で書けばいいじゃないか」

「あたしには今はそんな力がありません。けれどもこうなってあの作品が自分のものでなかったことがわかれば、世間からあたし、笑い者になります。二度と小説を書くことができなくなります」

私はもう何とも返事をしなかった。

翌日、私は株の一部をわたして妻に五万円を作るようにと言った。私としても妻が偽作者として新聞や週刊誌にデカデカと載るのは怖《おそ》ろしかった。ふちのない眼鏡をかけた妻の正面写真が、安っぽい赤新聞の一面に載るのを想像するだけでこわかった。

それから一週間ほどたったある日、会社から帰宅した私は玄関のたたきに油のきれた泥だらけの靴がおいてあるのを見た。その靴を見た瞬間、私はそれが誰のものか、本能的にわかったのだった。

応接間で例の中年の男は両足をひろげたまま、狎々《なれなれ》しく腰をかけていた。腰をかけているだけではなく私の大事にしていたウイスキーまで舐《な》めていたのである。額の禿《は》げあがった彼の顔は酔いのために赤黒かった。

「やあ、あなたですか。話はいつも聞いてましたよ」彼は口に唾をためながら嗄《しわが》れた声で言った。

「今度は色々と御迷惑をかけてすまんことです」

それから彼は眼をつぶって、

「しかし、まあ、お互いですからね……」

私はこの男の満洲での体験談を辛抱しながら聞かねばならなかった。話しながら彼はまるで自分のもののようにウイスキーの瓶をコップに傾けていた。

その日から妻の叔父は二日とあげず私の家にやってきた。まるでこの家が自分の家ででもあるように傍若無人の態度をとるのだった。

「まあ、ある意味じゃ、俺の小説のおかげであんたたちも支えられているんだからナ」

もちろん冗談のつもりだろうが、その冗談には針があった。たまりかねて私が応接間から出ていくと、彼の笑い声があとを追っかけてきた。そのうち彼は私の家で食事をしたり、時には泊っていくことさえあった。すべてそれは妻が発表する小説を代作するというためのものだった。そしてそれらの叔父の態度を妻は凡《すべ》て容認しているようだった。妻はもうほとんど家事らしい家事も、主婦の勤めも女中にまかせて、叔父と同じ部屋で彼が書いたものを写しては、雑誌社に送っているのである。

「仕方ないじゃありませんか」

たまりかねて私が彼女に不平を洩《も》らすと、妻はふてくされるのである。

「小説を書くのをもうやめてくれないか」

「今更、もうそんなことはできませんわ。あなたはジャーナリズムってものを御存知ないからそう言うんでしょうが、一度、この歯車にはいると……」

その妻の口ぶりには一度味わった名誉と虚栄の味をどんなことがあっても捨てまいと言う執着が露骨にでていた。彼女が必要なのは私たちの家庭ではなくて別のものなのであることを私ははっきりと知った。

男は毎日のようにやってきた。もっとも訪問をしてくる雑誌社や出版社の人に会うのはもちろん妻だった。そして支払われる原稿料のほとんどは叔父がとり、その代償として妻は作家であるという昔からの願望を充たされているのである。

それは今年の夏だった。結婚してから二年目で、夏はいつも私に亡くなった先妻が入っていたあの慶応病院の病室を思わせるのである。

私はその日も会社から疲れて家に戻ってきた。家に戻ってもあの叔父が来ていることを思うと心が進まなかったが、しかし女中にしか遊んでもらえぬ子供を何処かに連れていってやりたかった。

家に戻ると叔父は私の浴衣《ゆかた》をきてウイスキーをのみながら、だらしない恰好《かっこう》をしていた。妻はまた書斎で叔父の草稿を清書しているらしかった。

「保さん。ウイスキーはもうないのかな」嗄れた声で叔父は言った。「今日は一日で三十枚もあんたの奥さんのために書きましたよ。一緒に飲もうじゃありませんか」

私は黙っていた。しかし何時もより以上に彼は私にからんで、

「どうせ、ぼくは縁の下の力持ちですからな。偽作者だ。自らの小説を他人のために売って、一生うずもれる身です。これも亦《また》人生じゃありませんか」

彼はコップを見つめながら、しばらくの間、孤独なくるしそうな眼をして黙っていた。

私はたち上って押入をあけ、ウイスキーの新しい瓶をとり出そうとした。そして私はウイスキーと同じ色の液体を入れた殺虫液の瓶をうっかり握ってしまった。もちろん私は自分の過ちに気がついた。どうしてこんな瓶がここにおいてあるのか不思議だった。しかし、自分の過ちに気がついた瞬間、なぜか、まだコップを眺めている叔父の方をふりかえった。

う）

（俺だってとり違えたんだから。酔っている彼が間違えないと、どうして言えるだろう）

私はこみあげてくる黝《くろ》い欲望を抑えながら、じっと押入の前にたっていた。それから思いきって、二つの瓶を両手にもって叔父《おじ》の所に戻った。

（彼が気づけばよいんだ。気づかねば当人の過ちだからな）

私はそれから汗をぬぐってくるからと言って立ち上った。

「いいとも。夏は行水が一番ですな」

ふたたび機嫌をとりなおした叔父は細い片手をのばした。私はその手が例の瓶にふれているのに気がついた。風呂場《ふろば》で私はぼんやりと蜩《ひぐらし》の声をきいていた。そう、死んだ妻の病室でも、今の妻との見合いの席でも、あのわびしい蟬の声がひびいていたのだった。

私は妻のけたたましい叫びを耳にした。足音をバタバタいわせて彼女は裸足《はだし》のまま風呂場に走ってくると私の腕をつかまえた。そして静かに、

「やりましたのね。やりましたね」

私は黙っていた。それから女中の叫びが続くと妻は、

「医者をよんで、医者を」

と急に悲鳴とも鳴き声ともつかぬ声をあげた。女中が家からまろぶように走り庭に

出たあと、彼女は縁のない眼鏡をキラリと光らせて、

「医者をよんでも、もう駄目でしょうね……あの瓶の中に何が入ってたか、あたしが一番よく知ってますから」

「もう、お前は小説を書かなくていい、小説を書かなくていい」私は馬鹿のように一つの言葉を繰りかえしていた。妻は突然、たかい声をだして笑った。

「書きますよ。まだ気がつかないんですか。私が彼のものを写していたなんてウソですよ。あの叔父は女学生のころ、あたしを犯した男です。長い間あたしが結婚しなかったのはそのためでした。いつか復讐《ふくしゅう》しようと思っていたんです」

「なんだって」

「あなたと結婚したのもそのためです。失業している叔父はまた私を追っかけてきましたから、あたしは叔父に毎日、家に来られるためには、あたしの代作者になりすませばいいとだましてやったんです。そして、気の毒でしたけれど、あなたにもそう信じさせたのです。彼を憎ませるためにね」

彼女はそれから縁なし眼鏡の奥からじっと私を強張《こわば》った表情でみつめた。

「あの瓶には、あなたの指紋もついていますし……それに風の果だって、そのほかの小説だって本当にあたし自身が書いたのですから。……あなたの抗弁を警察は信じてくれないでしょうね……」

憑かれた人

私の名は神谷良太郎。年齢は四十八歳。こう申しあげても何処の男かとお思いでしょうが、多少でも古書をお集めの方なら神田神保町《かんだじんぼうちょう》の芳文堂という本屋を御存知の筈《はず》です。その芳文堂の主人が私なんです。

ええ。中学校を出てからこの店でずっと働いてきました。先代だった主人に可愛がられましてね、二十四歳の時、養子になったんです。戦争ですか。結婚後すぐ中支にやられましたよ。右の腿《もも》のところに傷痕《きずあと》がありますが、名誉の戦傷の痕ですよ。子供ですか。二人です。男の子が二人でね。長男はもちろん将来、店を継がせようと思っていますよ。

よしましょうや、こんな話。別の話をしましょう。

客の話をしましょうか。色々、面白いお客さんがいられましたな。私のところは主として小説家の先生や大学の研究室がずっとお相手なんですがね、一番、個人で御ひいきにして下さるのは時代ものを書いていられる岡村先生ですね。それから今、毎朝新聞に由井正雪《ゆいしょうせつ》を連載されている二階堂先生、こうした方は小さなものを書かれるにも文献集めに実に熱心ですなあ。

近頃、値があがった本ですか。そう一概には言えませんが切支丹《キリシタン》物が高くなりましたねえ。姉崎博士の「切支丹史」が一冊一万円ぐらいで動くんだから。どういう人が買うかって？　それが意外と素人が多いんですよ。町の学者って言うんでしょうか、もちろん大学の博士や教授じゃありません。別の仕事をもちながらただ御自分の趣味でコツコツ本を集めていられる方たちのことを言うんですがね。

だから切支丹ものに、あなた、手を出しちゃいけませんよ。あれは泥沼ですからねえ。第一に本物と偽物との区別がつかぬ古文書がありましてねえ。先年、京都で有名な宣教師フェレイラの転び証文が見つかったと言うので大騒ぎになりましたが、結局、偽物とわかりましてね。七十万円の値でつかまされた方こそ、いい迷惑でしたよ。

私が千々岩《ちじわ》さんと知り合ったのも、切支丹関係の書物を通してでした。千々岩さんは東京でかなり大きな不動産業の社長さんだったんですが、今は息子さんに仕事をゆずられて、俳句や焼物にこっていられる結構な老紳士でした。

はじめは陶器関係や茶道の本をそろえて世田谷経堂《せたがやきょうどう》のお宅にお伺いしていたのですが、ある日、猿すべりや梅の木のよく手入れされている庭に面した部屋で茶をすすり

ながら、

「しかし千々岩さんとは、失礼ですが大変変ったお名前ですね」

ふと私が申し上げますと御主人は幾分、得意そうに、

「わしの家は代々、九州大村《おおむら》藩の藩士でね」

「本当ですか」私は急にあることを思いだして「それじゃあ、お宅はきっと千々岩ミカエルの御子孫かもしれませんよ。何か系図は残っていませんか」

「系図らしいものは祖父に昔、見せてもらったが、戦争で焼滅してね。しかし何だね……そのミカエルと言うのは」

「一度もそのお話をお聞きになったことはありませんか」

私は大学こそ出てませんが、商売が商売ですから切支丹関係の書物も多少、眼を通していました。それでないと、いざ掘出しものを偶然、古書展などで発見した時も入札できないからです。

茶をすすりながら私は千々岩さんに、ミカエル千々岩というのは一五八二年、宣教師ヴァリニャーノの努力で波濤《はとう》万里、長崎からローマに渡った基督《キリスト》教の少年使節たちの一人であることを説明しました。有名な天正《てんしよう》使節の少年たちとして、少しでも歴史の本を読んだ人なら誰でも知っている出来事でした。

「ほう」

話を聞いている千々岩さんが次第に興奮してくるのがその顔色や茶碗《ちゃわん》を持った手の震えでよくわかりました。私はその表情の動きを見つめながら、やはり、いけないことですが商売上の計算を素早く頭のなかでやっていました。

「何でしたら、天正使節に関する文献をお集めしましょうか」

「そうか。是非たのむ。それも出来るだけ早くな」

これが千々岩さんが切支丹研究に淫《いん》したきっかけでした。淫したと言う言葉をこういう場合、使ってはいけないかもしれません。本当ならば憑《つ》かれたとでも言うべきでしょうが、さっき申し上げたように素人衆の切支丹研究は悪い女につかまったようなもので、淫するという言葉がなにかピッタリするんです。

千々岩さんはそれから蟻がせっせと餌を集めるように天正使節に関する書物をあさりはじめました。いわば私にとっては結構な顧客になったわけですからこちらも天正使節に関する書物だけではなく、異国叢書《そうしょ》や続々群書類従のような本にいたるまで彼の家に運びました。

「やっぱり、あなたの言う通りだ」

たずねていくたびに千々岩さんは机や床の間に山とつまれだした書物を背にして、眼をかがやかしながら言いました。

「千々岩ミカエルは我家の祖先だよ。あの系図が空襲によって焼滅したのは実に残念だが、まだ親類の家などには多少、文書なども残っているかもしれない。そう言うのを是非調べてみたいと思うよ」

「そうですか。とに角、切支丹のことはまだまだ未発見、未発掘のことが多いですからね。やり甲斐《がい》がありますよ」

「らしいね。千々岩ミカエルが天正使節としてヨーロッパに行った時の研究は学者によって随分なされているが、帰国後の彼の生涯は全く謎だ。この謎を解明するのは、子孫の一人としても勉強の仕甲斐があるよ」

私は商人として千々岩さんをおだて、彼は彼で老年に自分が生きる意味をやっと発見できた悦《よろこ》びを顔いっぱいに溢《あふ》れさせていました。

千々岩さんの話によると、千々岩ミカエルは天正使節の大役を果して他の三人の少年たちと一五九〇年に八年五ヵ月という長い旅を終えて長崎に帰ったあと、天草《あまくさ》の神学校に入学したということはわかっているが、あとは全く不明なのだそうでした。一説には基督教を棄てたのみならず、この宗教の反対者の一人になったとも言います。

「わしはね。とに角、長崎に行ってみるよ、現地で調査すれば、もっと詳しい発見ができるかもしれない」

「そうですね」私はこの時は余り気の入らない返事をしました。「しかし、そこまでなさらなくても」

本当を言えばこの頃から私は少しうしろめたい気になっていたのです。老人の暇つぶしにしては余りに金と体力とのかかりすぎるこの道に足をふみ入らせたのはもとはと言えば私の責任でした。

その上、私には千々岩さんの家で少し苦手な人がいました。千々岩さんには息子さんのほかに二人、お嬢さんがいられるのですが、息子さんたちは不動産業を営まれ、上の娘さんは既にかたづかれて、次女の圭子さんが今はお父さんの日常の世話をしておられました。清楚《せいそ》という古めかしい文字がそのまま当てはまるような娘さんでしたが、彼女は時々、こちらの心を見抜くような眼差《まなざ》しで、じっと私を御覧になるのです。もちろん、彼女はせっせと高価な本を運ぶ私に非難めいた言葉を何一つおっしゃいませんでしたが、それだけに、こちらの下心が曝《さら》されたようで、私は思わず彼女の前で眼を伏せるのでした。

口だけかと思っていましたが、千々岩さんはその秋から本当に長崎や大村や平戸《ひらど》に調査旅行?をはじめました。切支丹の世界に素人が興味をもつと泥沼に足を入れるようなものだとくどいほど言うようですが、千々岩さんは遂《つい》に病、膏肓《こうこう》に入ってしまったのです。

あれは十一月の中旬だったでしょうか。秋の日差しをあびて、私が出先から帰って来た時、その千々岩さんから電話がかかってきました。

「どこから、かけていると思うかね、今、島原《しまばら》にいるんだよ。雲仙《うんぜん》の裏の島原市だ」

老人とは思えぬくらい、その声がはずんでいました。「聞えるか。うん。元気だ。元気どころか、大変な発見をしたんだ」

「大変な発見? 何です。それは」

「電話じゃ言えない。びっくりするような発見だ。二、三日中に娘と一緒にこちらに来てくれないか」

平生は温厚で落ちついた千々岩さんがこんなに興奮しているのを私は見たことはありません。しかし咄嗟《とっさ》に心の中で困ったことになったなと思いました。私だって商売上、切支丹関係の先生を三、四人、存じあげていますが、そういう先生がいつも口をそろえて言われるには、素人研究家のこの方面における発見ほど当にならぬものはないのです。その上長崎や京都には切支丹遺物と称する出鱈目《でたらめ》なものを模造する連中がいて、そういう連中に今まで沢山の旅行家がだまされてきたのです。おそらく千々岩さんの発見もきっとその手合いの口車に乗せられた結果ではないのでしょうか。

その頃、歳末の東京古本市に参加するため、準備で忙しい私でしたが、しかし受話器をおくとあの老人にたいする漠とした責任感が心を締めつけました。これ以上、彼を切支丹研究と称する泥沼に足をふみ入れさせてはならないと思ったのです。

私が千々岩さんのお嬢さんと九州、大村行きの飛行機に乗ったのは秋晴れの空の穏やかな絶好の旅行日和の日でした。飛行機はただ軽いエンジンの音を機内に伝えるだけで、まるで静止したように青空のなかを飛んでいました。

「そういうわけで、私も重々、申訳ないような気がしております」

私は圭子さんに詫《わび》を言いますと、彼女は美しい顔に少し当惑したような微笑をうかべて、

「いいえ。父は昔から一つのことに夢中になる性格ですの。神谷さんの責任じゃありませんわ」

「そうお嬢さまにおっしゃられると、かえって恐縮いたしますな。こう申しちゃあ何ですが、この際、お父さまの発見とやらが、偽物であってくれたほうがいいと思いますよ。これに懲りて、お父さまの切支丹熱がさめることが、もう何よりも望ましいことで」

飛行機はちょうど瀬戸内海《せとないかい》の真上を飛んでいました。四国の山脈《やまなみ》が午後の光を浴びて狐色の毛皮のように拡がっています。うつむいてそれを眺めていられるお嬢さんを私はうつくしいと思いました。

大村空港から自動車で一時間、長崎の風頭山《かざがしら》の上にある旅館についた時は午後四時をすぎていました。千々岩さんは待ちくたびれたように旅館の入口に立っておられま

した。

「遅かったな。一時に着く飛行機だと思っていたんだ」

「生憎《あいにく》その飛行機が満員でしてね」

黄昏の長崎の街と湾とが一眼に見おろせる部屋で、千々岩さんは私が一風呂《ひとふろ》あびることさえ許してくれず、

「まア、坐《すわ》んなさい。君に是非、見てもらいたいものがあるんだ」

私は思わずお嬢さんのほうをチラッと見つめ、眼を伏せました。そんなこちらの心の動きも知らず千々岩さんは、

「君は加津佐《かづさ》にあった神学校と印刷機械との話を知っているかね」

「いえ。お恥ずかしい話ですが知りません」

頭をかく私に老人は得意そうに話しだしました。日本人たちは余り知っていないかも知れないが、我国に西洋の印刷機械を始めて持ってきたのはこの天正使節である。この機械は現在の島原半島の先端にある加津佐町に運ばれて、ここでローマ字つづりの本十八種、日本字つづりの書物十一種が印刷されたのだという。その大部分はもちろん基督教関係の書物だったが、しかし「平家物語」「太平記」「和漢朗詠集」なども翻訳、印刷されたのだそうだ。

「だがな」千々岩さんは舌で唇をなめながら、「わしの発見したのはそんなことじゃ

ない」

「何です」

「まあ、聞きなさい。多少でも天正使節のことについて勉強した者はおそらく知っていることだが、彼等はローマから日本に帰国する時、法王グレゴリオ十三世から一対の聖母マリア像を与えられたのだな。それは文献によると木彫りのマリア像だったんだが」

「それを発見されたんですか」

「冗談じゃない。そういうものがすぐ見つかってたまるかね」

千々岩さんは煙草に火をつけて一服、煙をすうと、火口を眺めながら話をつづけました。

「その一対のマリア像は天正使節の手でこの加津佐の神学校にしばらく安置されていたんだが君も知っているだろう――秀吉《ひでよし》の基督教にたいする迫害が強くなったため切支丹たちの手によって天草に移され、ふたたび加津佐に戻り、そしてその後、どこに消滅したか、学者間でもわからないのだ」

「それで」

「ところがわしはそのマリア像をかくしてある場所が遂にわかったんだよ」

私は当惑した眼で大真面目な老人の表情を窺《うかが》いました。ああ、この人はもう泥沼の中に入れた足をぬくことはできないだろう。憐《あわ》れみと後悔との交った複雑な気持で私はうつむきました。

「わしは、加津佐の神学校がどこにあったかをまず調べることが先決だと思った。従来の学説ではこの学校は旧加津佐城のすぐ隣接した場所だと言われて、現在そこに碑まで建っているんだが、これは誤りも甚だしいもんだ」

「ほう、どうしてですか」

「当時の宣教師たちは故国にあてた手紙で神学校は城に隣接していると書いていた。そこで日本の学者たちはそれを真にうけたんだがしかし城というのは外国では町全体を指すことをこれら切支丹学者たちはお忘れだったようだ。外国の城壁は日本のそれと違って町を防衛するために外側にあるからね」

「なるほど」

「そう考察したわしは、現在の加津佐の町の外側を丹念に二度の滞在中、随分歩きまわっていた。もちろん漠然と歩いたところで四百年前の遺跡が見つかるわけじゃない。ところが偶然のことだが、今度この加津佐の古道具屋でねえ……」

千々岩さんは立ちあがって床の間においた鞄《かばん》を持ち出してきました。鞄の鍵《かぎ》をあける時この老人の痩《や》せた頬にいかにも満足そうな笑いが浮かび、

「見つけたんだよ。こいつを」

掌《てのひら》の上に載せたのは、真赤に錆《さ》びた金属の板でした。

「何ですか」

「よく見てみなさい。字が彫ってあるだろう。しかもローマ字だ。何と書いてあるかね」INAMACVSA IN COLLEGIO という字はかすかですがまだ判読できました。最初の字の意味はわかりませんが、二番目の COLLEGIO という言葉が英語のカレッジつまり学校という意味ぐらいは私も理解できました。

「君はこれを偽物と思うかね」

「いいえ。しかし私にはまだ何とも申せません」

「とに角、わしはその道具屋の主人に何処から手に入れたのかを聞いたんだ。すると加津佐の理髪屋が物置を整理する時、ガラクタと一緒に二足三文で売ったことがわかった。主人はたんなる文鎮だと思っているらしいんだね。私は早速その理髪屋にたずねて行ったよ。すると理髪屋の親爺《おやじ》は町はずれの土地で見つけたと言うんだ」

こちらは不安と驚きの眼で千々岩さんを見あげました。驚きというのは、今まで見くびっていたこの市巷《しせい》の切支丹研究家がこんな発見をしえたのかという感情であり、不安というのは、いやいや、そんなに簡単に奇蹟《きせき》的なことが一素人にできる筈《はず》はないという気持でした。

「わしはね、君たちがくる間に何をしていたと思う。その土地を手に入れる工作をしていたんだ。幸いわしは不動産のほうの仕事を手広くやっていたからねえ。長崎にも同業者がいる。その方はお手のものだし」

「しかし」私は思わず手をふりました。

「もしこの金属板が、何かの間違いだったとしたらこりゃ危い。とに角、千々岩さんには価値のない土地を買うことになりますからね。一応ちゃんとした学者の鑑定を経てから、土地のことはなさって下さい」

「馬鹿を言っちゃいけないよ君。これが本物と発表されれば、その由緒ある歴史的な土地はたちまち値が上るじゃないか。地主は決して手離さなくなるだろう」

そう言った時の千々岩さんの顔は急に真摯《しんし》な切支丹の研究家というより、長年、不動産業者として手を拡げてきた慾《よく》ふかな老人の表情に変りました。

「お父さま」

私の心の動きを敏感に感じたのか、今まで黙っていたお嬢さんが、始めて口を入れました。

「神谷さんも長崎にお着きになったばかりで疲れていらっしゃるわ。そのお話、お食事のあとででも、なさったら……」

翌日、私たち三人は自動車に乗って、長崎を出発すると島原半島の南端にむけて出かけました。有名な小浜《おばま》温泉をすぎると、そこからは東京近辺などでは決して見ることのできぬ真青な海が晩秋の陽ざしに光りながら拡がっていました。やわらかな水平線のむこうに天草の島影が浮んでいます。思わず溜息《ためいき》のでるほど、うつくしい風景でした。

「こんな場所がまだ日本に残っているのね」

自動車をとめ、人影一つない真白な砂浜におり、十一月にしては珍しく暖かな陽光をあびながら千々岩さんのお嬢さんは呟《つぶや》きました。

「しかし、この美しい風景のなかで、多くの殉教者たちの血が流れたんだからね。自然はやさしく、歴史はむごかった所だ」

父親と娘とのそんな仲むつまじい姿を私は少し羨《うらやま》しい気持で眺めました。

かつてあまたの品物と宣教師たちを乗せてポルトガル船の入港した加津佐の町は今はわびしい漁港にすぎませんでした。鈍い連続的な音をたててよごれた漁船が入江の中を走っています。私たちはそこで問題の理髪店をたずねました。魚の臭いのする細い乾いた路《みち》にその小さな埃《ほこり》だらけの理髪店はありました。

小柄の眼をしょぼしょぼさせた男でした。千々岩さんは私とお嬢さんとを紹介すると、彼を車にのせて、あの錆びた金属が転がっていたという場所に案内させました。

加津佐の町から有家《ありえ》村にむかう道は次第に山と海とにはさまれ、秋の陽に薄《すすき》が一面に光っていいました。　私たちはなだらかな斜面にたって理髪屋の親爺の指さす畠を見おろしました。もし千々岩さんの仮定が本当ならば、今から四百年ほど前、日本で始めてラテン語や神学や西洋音楽が教えられたという学院がここに建っていたのです。印刷機械が運ばれ、若々しい日本の神学生たちがその機械であまたの本を印刷したのもここなのです。この狭隘《きょうあい》な地点こそ、日本と西洋との文化が結びあった記念すべき場所なのでした。

「地主とは話は進んどるね」

千々岩さんは理髪店の親爺としきりにこの土地売買の相談をしていました。お嬢さんの白いコートが薄の穂の中に消えていきました。

「坪三百円。馬鹿言っちゃいかんよ。こんな土地が。長崎の大正不動産の評価じゃ二百円がいい所だと言うとる。とに角、あんたには充分、礼はするから、話は進めてもらいたい」

その夕暮、私たちは長崎に戻りました。千々岩さんは上機嫌でした。まだ自分は娘と一緒に長崎に残るからという彼の話に、東京に仕事のある私は翌日の飛行機で発《た》つことにしたのです。

それから一ヵ月の間、老人から音沙汰《おとさた》はありませんでした。しかし、東京が師走《しわす》の風をききはじめたある日、私は店に来た郵便物の中に彼からの封書を見つけました。

封筒の中には手紙のかわりに、長崎県の新聞切抜きが入っていて、その切抜きには千々岩さんの発見したあの金属の板は、切支丹学者として有名な吉井博士の鑑定では四百年前のものに間違いなく、これは従来不明だった加津佐神学校の場所を判定するのに絶対有力な手がかりになるだろうと言う記事が大きく載っていました。

私は正直な話、感慨無量でした。自分が一寸《ちよつと》した商売気から奨《すす》めた素人の切支丹研究がこうした発見をもたらすとは思いもよらなかったからです。

帰京した千々岩さんはすっかり学者きどりでした。彼の切支丹熱は更に度を加え、私の店への注文も素人離れのした専門的なものになってきました。だがお伺いするたびに私はこの人の顔が今までとは違って黒ずんできたのに気がついたのです。黒ずんだだけではなくこう申しあげては失礼ですが、なにか醜い物慾に憑《つ》かれたような顔なのです。物慾と言っていけないなら、宝石でも金でもいい、それに憑かれた男のどこか賤《いや》しい欲望がこの老人の横顔ににじんでいました。

(これは研究家や学者の顔じゃない)

私はそんな強い印象に捉《とら》えられました。商売が商売だけに色々な学者の家に出入りさせて頂いております。同じ切支丹を研究されていても、本当の学者には学問にたいする純粋な意欲があるせいか、千々岩さんのような貪慾《どんよく》な表情には決してならない。

たのです。

この老人は学問に没頭しているというより、何か別なものに憑かれている感じさえし

「父は変りましたわ」

ある日、お嬢さんが深い溜息をついて呟かれました。

「神谷さんには申訳ないんですけど、もうこれ以上は、父の注文した本はあまり探さないで頂けませんかしら。父はこの所、店のお金まで切支丹研究の方に使いはじめて、兄たちも当惑しているんです」

「本当ですか」

「本だけなら私たちも老人の趣味として黙っておりますけど、父は切支丹遺物はもちろんのこと、土地にまで手を出そうとしているんです。それにお気づきかも知れませんが近頃、顔色も悪くなったようなんです」

「あの加津佐のほかにまだ土地を物色されてるんですか」

「ええ。天草の本渡《ほんど》と横瀬浦《よこせうら》、そういった場所でそれぞれ切支丹の教会や学校の遺跡があった所を買い占めようとしているんです。私たちにはその理由も言ってくれませんが、あの新聞記事以来、すっかりひとかどの学者きどりになって……、学者きどりだけならまだいいんです。父は埋れている切支丹文化財を誰もが放ったらかしにしているから、こうした土地を私費を出しても自分が保護するつもりなんでしょうか」

「保護する?」

「いいえ。本当は保護じゃありません。私にはわかってます。父の場合は私有慾ですわ」

お嬢さんの辛《つら》そうな眼を見つめた私は、千々岩さんの顔になぜ、あのみにくい影が浮かぶのか、始めてわかったような気がしました。あの老人は切支丹の研究から出発してその遺産をできるだけ私有しようとしているのです。その私有慾が彼の表情をあのように歪《ゆが》めているのです。

「わしのこれからの目的の一つはね。千々岩ミカエルたち天正使節が持ってかえった一対の聖母像を発見することだ」

そう熱を入れてしゃべる老人の顔には何かギラギラとした異様なものがありました。

「迫害がきびしくなるにつれ、彼等が宣教師たちと一緒にその像を何処かにかくしたことは確かなんだ」

「しかし、もし、かくしたとしたならば、とっくに徳川《とくがわ》幕府の手によって発見されているでしょう」

「冗談じゃない。君は知っているかね。島原の乱の時、天草四郎《しろう》が持っていたという金の聖体飾台が四百年後に原城《はらじょう》のあとから掘りだされたじゃないか、わしは問題の聖母像が加津佐か、天草の本渡か、佐世保《させぼ》の横瀬浦のいずれかにかくされていることを、段々と摑《つか》んできたんだ」

私にはやっとこの老人が天草、本渡や横瀬浦にまで手をのばして土地を買おうとしている理由がわかったような気がしました。話しながら彼はしきりに右の腹部を片手で押えていました。

「どうかされたんですか」

「何でもない。ただ時々、妙な鈍痛がしてね」

私は医者の健康診断を受けるよう奨めましたが、千々岩さんは手をふって笑いました。

「まだまだ、わしは死ねんよ、念願を果すまではね」

それ以来、こちらも老人に会うことを避けました。お嬢さんの御依頼に従って、こちらも切支丹の文献などや目録などを持参することを遠慮したのです。はじめのうちはそれでも催促の電話がかかってきましたが、それがある時からパタリとやみました。そしてやがて私はお嬢さんからの速達で千々岩さんが入院されたことを知ったのです。

老人は是非、私に会って話をしたいことがあるとのことでした。

本郷《ほんごう》の古めかしい大学病院に駆けつけますと、千々岩さんはびっくりするほど痩《や》せていました。一目、見ただけで、あッ、癌だなと思いました。病人はこちらを見ると、苦しそうに微笑をつくって手招きをしました。枕元に百合《ゆり》が花瓶に飾られ、その下で白いエプロン姿のお嬢さんが立っていられました。

「神谷さん、よく来てくれたね」千々岩さんは肩で息をしながら「お忙しいところを、お呼びしたりして申訳なかった」

「とんでもないことです」

「あなたにお願いしたいことが……あるのです」

「何でもおっしゃって下さい。私に出来ることなら、させて頂きますから」

すっかり黒ずんで頬肉のげっそりと落ちた千々岩さんの顔にうす笑いが浮かびました。

「そうですか。有難う。それじゃ、お頼みするが……あなたはわしに代って、あの天正使節たちの持って帰った一対の聖母像を見つけてくれませんか」

「聖母像？　私がですか。それは無理です。私はつまらん古本屋の主人です。切支丹の予備知識も何もありません」

「それは、もう、大丈夫なのだ」病人は怒ったように叫び、それから痛そうに顔をしかめました。「この二年、このわしが見当はつけておいた。あとは、あなたが、そこを調査し、発掘してくれればいいのだ」

　枕の下から老人は細い手で紙袋を引き出しました。それからお嬢さんに手伝わせて、その中身の原稿を私に渡しました。原稿の第一頁には「天正使節の聖母像研究」という題字が達筆な字で書かれています。

夕陽がさしこむ病室で長い間、私はその原稿を読んでいました。読んでいるうちに少しずつ異常な興奮が胸をしめつけました。もしここに書かれていることが本当なら、千々岩さんはなんという烈しい執念でこの問題ととりくんだのでしょう。それは迫害時代にもひそかにマカオやゴアの教会に報告を送っていた宣教師たちの書簡――つまり切支丹学者の間では「イエズス会通信文」といわれているものを分析し、解読した原稿だったのです。

「わしはね」千々岩さんは息をハァハァさせながら説明しました。「あの聖母像がもし何処かにかくされているなら、必ずそれは潜伏した宣教師たちによってマカオに報告されていたと考えたのだ」

「なるほど」

「しかし彼等は日本の役人に万一、手紙が押収されるのを考えて、何らかの暗号を使ったと想像した。その暗号の解読が、私の二年間の勉強だったのだ」

五つの宣教師の手紙が千々岩さんの想像を裏づけるものでした。老人が特に重要と思っていたのは一六二七年に殉教したロゲス神父の三つの手紙。井上筑後守《いのうえちくごのかみ》の拷問で背教したフェレイラ神父の二つの手紙、その中の「法王が日本に与えられた大きな栄光は迫害にもかかわらず、我々の手で守られています」という言葉と、「横瀬浦の十字架が立つ丘の頂は日本の切支丹にとって記念すべき場所となるでしょう」というさりげない一行なのでした。

老人は更に別の宣教師書簡からこの十字架が立つ丘に三角形をした岩のあることを考証していました。その岩の下にこそ、聖母像が宣教師や帰国した天正使節たちの手で埋められたと言うのです。

「わしは病気でなければ、自分で行くつもりだった。しかし、こうなってはあなたを信用するほかはない。自分がまだ生きているうちに研究の成果を見たいのだ」

「しかし他人の土地を勝手に掘るということはできないでしょう」

「他人の土地じゃない。横瀬浦のその丘はもう私の所有になっている。坪三百円で買ったのだから」

千々岩さんの顔にこの時、ふたたびあのいやらしいうす笑いが浮かびました。

半時間後、私はお嬢さんと肩を並べて病院のうす暗い階段をおりました。看護婦が二人、何か小声で話しながら私たちの横を通りすぎました。

「父は、もう駄目でございましょう。本当に身勝手な話ですが、よろしくお願いします」

門まで送ってくれたお嬢さんはそう言うと、頭をふかく、さげました。

とは言え、ふたたび九州に向う飛行機の中で、私は自分が無駄な旅行をしているような気持にだんだん捉《とら》えられはじめました。千々岩さんの原稿を見ている時は一時的な興奮に捉えられたのですが、しかし素人のたんなる想像がこのような奇蹟《きせき》的な発見をもたらすとはとても思えませんでした。

夕暮、大村につくと、私は長崎でその夜、泊ることにして、いつかの風頭山の宿屋に行きました。宿の主人は私をよく憶《おぼ》えていてくれて、黄昏の街や湾が見える部屋に案内してくれると、

「で、千々岩先生はお元気ですかの」

私が老人の病気を話すと、びっくりしたような顔になりましたが、

「しかし、あの先生のおかげで加津佐の地価があがったですからな」

「地価があがった?」

「例の切支丹遺品が発見されたとですから。長崎の基督教信者たちの間であそこに教会や切支丹博物館を建てる計画が起きましてな。そのため地価が三倍はね上ったとです」

「へえ」私は思わず大きな声を出して「そうですか。千々岩さんから何も聞いてませんでした」

翌日、私は長崎から平戸行きの快速バスを利用して佐世保に向いました。問題の横瀬浦は佐世保から定期便船で一時間ほどの距離にあるのです。

私の乗った船には魚の行商人らしい女が二人、それに中学生が四、五人、片隅にかたまっているだけでした。

かつてはポルトガル船と中国船の寄港地だった横瀬浦も今は加津佐よりももっと荒廃した小さな漁村でした。アメリカ軍の油貯蔵所があるほかは、埃《ほこり》をかむった家が岸辺に四、五軒、ちらばっています。

そこで私は千々岩さんに土地を売ったという小池という家をたずね、その小池さんと一緒に教えられた場所に出かけました。

むかしこの丘には白い十字架のある教会があって、それが入港する外国船の眼じるしになっていたのだそうです。

午後の光が狐色の草原にわびしく照っていて所々に石の階段らしいのがあるのが、昔日《せきじつ》、大村純忠《すみただ》の保護で繁栄をきわめたこの横瀬浦の面影をしのばせるだけです。頭の黄色い蛇がゆっくり、叢《くさむら》を這《は》っていきました。

私は千々岩さんが言っていた三角の岩を探しました。その岩は丘の頂ですぐ見つかりました。

（そんなものが、出るものか）

小池さんがシャベルで岩の周りを掘っている間、私は煙草をふかしながら、丘の上から海と遠くに見える佐世保の港を見つめていました。

「どうかね」

「さあ、何もないねえ」

「二十分ぐらいしましたが、穴の周りに黒土が盛られるだけで何も見つかりません。

「止《よ》しなさい」私は声をかけました。「無駄だ。帰りましょう」

その時、小池さんのシャベルがカチッと鋭い音をたてました。錆《さ》びた鉄の箱にぶつかったのです。箱の蓋《ふた》は小池さんの力ですぐ開きました。中には、腐った木片が——しかし、もう何も見わけることのできぬ木片があるだけでした。木の聖母像はその面影さえ見わけがつかぬほど、朽ちていたのです。

千々岩さんが死んでから一ヵ月目に、私はお嬢さんの訪問をうけました。お嬢さんはきちっとした和服姿で、私に丁寧に礼を言われたあと、用件を切出されました。

「父の持っておりました切支丹の文献、あれをお売りしたいと思いまして……」

「そうですか。それは私ども商売でございますから買わせて頂きますが、しかしお父さまを偲《しの》ぶためにも、そんなにすぐ手離されなくてもよいのではありませんか」

そう言う私に、お嬢さんは悲しそうに眼を伏せて、

「実は父を偲ぶよりは、父のある所を忘れたいために売りたいのでございます」

「と、おっしゃいますと」

「神谷さん。父が切支丹に憑《つ》かれたといつかおっしゃっていられましたが……」

「ええ、あんな熱心な方は素人では見たことはありません。加津佐の金属板はもちろん、横瀬浦の聖母像の発見をなさったんですから」

「いいえ」お嬢さんは何かを決心したように私の顔をじっと見つめられ、唇を震わせられました。「あの聖母像は出鱈目《でたらめ》でございます」

「何ですって」

私はびっくりして声をあげました。

「あれは」とお嬢さんはひくい声で「父が前もって埋めておいたんです。父は加津佐のことで思いがけない発見をしてから、自分の研究に自惚《うぬぼ》れをもちだしました。自惚れだけでなく、次には狂気じみた熱さえ加わって、必ず、天正使節のもってきた聖母像を見つけるんだと吹聴《ふいちょう》しまわりました。その揚句がその言葉の実現を他人に見せたかったのでございます」

「それで？」

「そして自分がひそかに埋めたものを十ヵ月後にあなたに掘らせたんです。あわれな病人の虚栄心だとお考え下さいませ」

お嬢さんはそう一気に言われると、黙ったまま、膝《ひざ》がしらを見つめて泣かれました。

私も黙然として腕をくんでいましたが、

「だれにも申しません。御安心下さい。幸い、あの出来事を知っているのは、私たちだけですから」

そう申し上げると、お嬢さんは安心されたようにうなずかれました。

千々岩さんが集められた切支丹文献は私どもで元値で引きとらせて頂きました。その文献の一部を先日、古書展に出しましたところ、一人の中年の紳士が即座に買われていかれました。

どういう方なのでしょうか。千々岩さんと同じように切支丹の泥沼にその紳士も足をふみ入れ、淫《いん》していくのではないかと私は急に不安に駆られました……。

蟻の穴

阪神《はんしん》に育ちそこで大学にも通いながら、復員してからは東京でずっと生活をした佐々木は、時折、社用で大阪や神戸《こうべ》に行くことはあっても、自分の家が当時あった宝《たから》塚《づか》をわざわざ訪れようとはしなかった。ひとつはもうその家も人手にわたって、こわされ、持主が新しい家屋を建てたことを聞いていたし、近所の人もすっかり消えて、たずねたところで思い出になるものが何一つ残っていないためだったが、もう一つ心の奥で、あの附近を通りたくないという気持が働いていたからでもあった。

ある夜、バーの女が佐々木に、

「神戸って、いいところですってね」

と急に言った。洋服よりは和服の似合う、そして同僚よりは幾分年をとった女だったが、温和《おとな》しくて控え目で、いつも客や若いホステスたちのやりとりを微笑みながら聞いているのが佐々木の気に入っていた。

「一度、行きたいわ。まだ行ったことがないんですもの」

「連れて行ってやろうか」

もちろん本気ではなく、口だけでそう言ったのだが、女は、

「ほんと？」

と眼をかがやかせた。佐々木は心のなかで、今度、関西に仕事で出かける時、この女を誘おうかと思った。だがおそらく相手も客へのサービスで、「ほんと？」とたずねたのであろうとも考えた。

それがその次の月、神戸の取引先との打ち合せで出かけることになった時、急に思い出して電話を店にかけると、また、

「ほんと！」

はずんだ声が受話器の奥から聞えた。

「ほんとだとも」

「嬉《うれ》しいわ。三日ぐらいなら、何とか店を休めると思うけれど」

羽田《はねだ》の飛行場で落ちあうことにした。いつもなら日本旅館に泊る佐々木だったが、あのホテルに電話してツインの部屋をリザーヴしてもらった。多少の金はかかるが、あのホステスとなら、そのくらいの出費をしてもいいと佐々木は思った。

神戸に連れていくことは行ったが、最初の夜は女とつきあえなかった。取引先との

打ち合せもあったし、それにその取引先に佐々木の中学時代の友人がいて、当時、同じクラスにいた連中を二人よぶから一緒に飲もうという約束になっていたのだ。

「そういう事情だから」

人に見つかるといけないので、さりげなく別々に乗って、偶然、座席が隣り合せになったようにした。

機内で佐々木は女に説明した。

「今夜は一人で元町《もとまち》でも見物してくれないか。ぼくは十時頃にはホテルに戻るから」

「ええ。いいですわ」

と女は素直にうなずいた。

「つまらないだろうが」

「いいえ。あたしって、始めての街を一人でぶらぶらと歩くの、好きなの」

佐々木はそんなことを言う女の過去を想像した。そして一度結婚して破れたのかもしれぬと思った。

伊丹《いたみ》につくと、タクシーで女をホテルまで送り、佐々木は取引先に行って用事をすませた。それから約束通り、中学の頃の友人であるSと落ちあった。

山《やま》の手《て》の坂道の一見古い洋館のようにみえるレストランにつれていかれた。暖炉に火が燃えて、そこに三十年ぶりで会う昔の学友たちが彼を待っていた。三十年前には、色の白い女の子のような顔をした男が、今は額もはげあがって、メニューを見る時、洋服の内ポケットから老眼鏡を出した。三十年前、中学のプールで飛び込みの一番うまかった男が、肝臓を悪くしたと言って、アルコールの少い麦酒《ビール》をまずそうに飲んだ。

「いつ、帰る」

「明日」

と佐々木は彼等に嘘をついた。

「貧乏暇なしさ」

「結構な話じゃないか」

二時間ちかくその店で、中学時代の思い出話がつづいた。佐々木たちの中学は阪神の御影《みかげ》にあって今では関西でも大学入学率のいいことで知られている。だが成績のよくなかった佐々木たちにはそういう話は関心はなくて、話題はもっぱら、戦死した級友のことや自分たちをよく撲《なぐ》った教師の思い出に集中した。そんな少年時代の思い出にふけることによって友情がまた甦《よみがえ》ってくるような錯覚にかられている友人たちを眺めながら、佐々木はもうホテルに戻っているにちがいない女のことばかり考えていた。

戻った時は十一時を少し過ぎていて、女は毛布に横顔を半ばかくしながら眠っていた。灯《あかり》をつけると彼はしばらく女のその寝姿をじっと見つめ、洋服箪笥《だんす》を開けた。水玉模様の彼女の洋服がわびしく一枚ぶらさがっていた。

と眼をさました女は体を起した。灯に女の丸いむきだしの肩が陶器のように白くつややかに光った。

「わたし、寝ていたのね。ほんとにごめんなさい」

ながい間、妻からそんな時そんな言葉をかけられたことのない佐々木は、女の白い肩を遠くから見ながら急にいとおしさと憐憫《れんびん》とを感じた。そしてこの女は誰かの細君になっても、こんな素直な言葉を口に出すだろうかとふと考えた。

「すまなかったな。明日はどこでも連れて行こう」

元町でウインド・ショッピングをして、三宮《さんのみや》で映画を見たという彼女に佐々木がそうあやまると、

「ドライブよりも行きたいところがあるの」

彼女はシーツで胸をかくしながら、少し照れたような笑い方をした。

「どこだい」

「宝塚。子供の時から一度は行って見たいと憬《あこが》れていたの」

もし二十数年前と同じなら、阪急《はんきゅう》電車の西宮北口《にしのみやきたぐち》駅から宝塚まで五つの駅がある筈《はず》だ。その五つの駅を平生は二輌ぐらいの電車が丹念に一駅ずつ停りながら、松林のな

かを走る。松林のなかに青やみどりの洋菓子のような洋館が散らばっている。花崗岩《かこうがん》質の道はいつも白く、あかるい。左手には六甲山塊《ろっこうさんかい》がつらなって、その前面に椀《わん》をふせたような六甲山がいつまでも見える。川を二つ渡るが、二つ目をすぎると、桜並木が車窓の外をながれ、そして武庫川《むこがわ》のひろい河原が眼下にくる。歌劇団の劇場や図書館や動物園が桜の葉の間からのぞく。

そういう風景を佐々木は今でも憶《おぼ》えている。時々、この自分がそこに育ち、大学生活まで送った風景を夢のなかで見ることさえある。にもかかわらずその風景のなかに彼が思い出したくない一つのものが含まれている。

「こんなところは東京の郊外にはないわね。山がいつも見えて海がちかくて。住みたいわ」

と女は電車から六甲山塊を眺めながら、

「佐々木さんは育ったんでしょ、ここで」

「そうだ。入営するまでの話だけれど。それからずっと東京だったから」

「その頃のままですか」

彼も首をまげて、昔、毎日のように眺めた車窓の風景に眼をやった。山の麓《ふもと》が切りくずされて白い団地がそこだけ外国の都市のように建っている。昔は至るところにあった松林がなくなって、スーパーマーケットや小さな住宅が線路のそばまで迫っている。

「変ったよ」

電車だけが昔通り丹念に停車する小さな駅から丸帽の学生たちが乗りこんでくる。佐々木が復員したまま、いつか退学してしまった大学の学生たちだ。

「俺も……あの学校に通っていたんだ」

「じゃア、先輩ってわけね」

するとと彼のまぶたに二十数年前、同じような丸帽をかぶり、ゲートルをまき、今見える白い道を通学していた自分の姿が思いうかんだ。

「どんな学生だったの、佐々木さんって」

女は恋人の若い頃を知りたがる娘のような甘えた口調で急にたずねた。

「平凡さ。成績もよくもなく……」

それは嘘ではなかった。もっともあの頃は授業よりも軍事教練と工場で働かされるほうが多かった。宝塚の劇場のうち二つがとりつぶされて、その一つを海軍航空隊がとり、もう一つが飛行機部品をつくる工場に変っていた。この電車線路の向うに大きな飛行機工場ができ、そこの下請作業を佐々木たち学生がやらされていたのである。

「それに勉強らしい勉強はなかったね。勤労奉仕ばかりで……」

「うちの母さんもそう言っていたわ。女学校の時、学校に行く代りに松の根掘りばかりさせられたって。それじゃ恋愛なんかする暇もなかったわけね」

そういう話し方は銀座《ぎんざ》のホステスの口調だった。

「うん、暇なぞなかったさ」

佐々木はうなずきながら心のなかで自分の嘘を嚙《か》みしめる。陽のまぶしく照りつける武庫川から宝塚にぬける白い道を眼鏡をかけた娘と歩いているおどおどした自分の姿が胸に甦る。学生が娘と一緒にいれば警官や軍人に怒鳴られるような時代だった。

(思い出したくない)

と彼は首をふった。窓から見えた川ぞいの道にはその娘と歩いた記憶がある。今みえた小さな池でそっと彼女をのせてボートを漕《こ》いだこともある。

彼女は駅前の古本屋の娘だった。


彼女は古本屋の娘だった。

学校から駅に向う通りに学生相手の一握りほどの商店が並んでいる。衣料切符のある者だけに制服と制帽を仕たてる洋服屋や昼一度しか開かない外食券食堂などにまじってその古本屋だけが、一応、一日中店を開いていた。硝子《ガラス》戸をあけると埃《ほこり》と湿気のまじったような古本屋特有の臭いがした。奥にいつもその娘か意地悪そうなその母親が坐《すわ》っていた。娘が坐っている時は、ほとんどと言って良いほど猫を膝《ひざ》にだいていて、客が硝子戸をあけると猫が土間に飛びおりるのだった。ろくな本はなかったがそれでも両側の棚にぎっしりと本はつまっていた。学生たちが売りとばした古い教科書や参考書が「八紘一宇の精神」とか「皇道の道」などという戦時色ゆたかな書籍と並んで書棚にたててある。そうでもしなければ古本屋の書棚が埋まらぬ時代だった。

娘は部厚い眼鏡をかけて色が餅《もち》のように白く太り、いつも額に汗をかいていた。年は佐々木よりも三つか四つほど上らしかった。あいつは母親よりもけちだと学生たちの評判だったが、佐々木もそんな経験を幾度か味わったことがある。

「もう少し、値をつけてくれないか」

ある日、自分の家にあった二、三冊の本をそっと風呂敷《ふろしき》包みから出して渡すと、その娘はきたないものでもさわるように頁をめくり、奥づけを眺め、彼の予想の半分にもならぬ値段を口にした。

「もう一寸《ちょっと》、色をつけてくれよ」

「なら……持って帰って下さいな」

娘は視線を横にそらせて、膝の上の猫の背をなでていた。とりつくしまがないので佐々木は仕方なくその値でいいと呟《つぶや》くと、彼女は黙ったまま彼の前に金をおいた。その時、眼鏡のなかの眼が細くなった。

ホワイト・ピッグというのが学生たちのつけたその娘のあだ名で、母親のほうは婆《ばば》アとよばれていた。この店の主人は徴用で大阪の工場で働かされているらしく滅多に姿を見せない。学生たちの噂だとその娘は出もどりだという話だったが、本当かどうかわからない。

その頃の学生がそうであったように佐々木も当時、性慾《せいよく》に苦しんでいた。軍事教練や工場での労働で体がくたくたになると、その夜は逆に陰湿な形で性慾が彼を襲った。川西《かわにし》の飛行機工場にまわされた仲間が女工たちの話をするのを教室で聞きながら、ひどく羨《うらやま》しく思った。なぜなら彼をふくめて三十人ほどの学生はその工場ではなく全く女気のない宝塚の劇場に通わされていたからである。劇場のなかに旋盤が運びこまれ、そこで佐々木たちは一日中立ちずくめに立って金属の延棒を切断していた。劇場の隣りには若い予科練生が白い作業着を着て壕《ごう》掘りや駆け足をさせられていた。（歌劇団の女生徒たちは何処かに慰問旅行にやらされているらしく、一人も姿がみえなかった）

性慾が烈しい夜、彼は寝床のなかで女の肢体を空想したが、その時、あの古本屋の娘のことも考えた。そして級友たちの相手にもしない額にいつも汗をかいている近眼の女を空想にまじえたことを恥じたが、眼をつむると金を自分にくれた彼女の手首の白さが妙になまなましく思われた。

逆瀬川《さかせがわ》を通りすぎると、すぐ宝塚ホテルのクリーム色の建物が見える。それから電車は音をたてて武庫川を渡るのだ。ひろい川の上流に山が連なり、川の岸には劇場や提灯《ちょうちん》をつけたレストランや料亭がならんでいる。

「これが宝塚さ」

と彼が女に教えると、

「やっぱり」

と彼女は窓にしがみつくようにして、

「写真なんかと違っていないわね」

「君は誰に夢中だったんだ」

「マル。あの人の車にわざとぶつかったことがあるくらいよ。日比谷《ひびや》で……会いたくて」

この温和《おとな》しそうな女にそんな情熱があるとは佐々木は思えなかった。昨夜彼女を抱いた時も、まるで諦《あきら》めたように身じろぎもせず、小さな声一つたてなかったというのに。彼はそのマルという女優に軽い嫉妬《しっと》を感じた。

「宝塚で公演をみるのか」

「いいえ。それはいいんです。ただ歩いてみたいの」

私って子供っぽいでしょうと女は笑った。

戦争が次第に烈しくなり佐々木たちより一年上の上級生たちは次々と入営していった。文科系の卒業繰りあげで佐々木たちにも半年もすれば赤紙がくることになっている。

どうせ死にに行く身だと思うと何をしてもいいような気がした。軍事教練と飛行機の部品作りで明けくれる毎日がそのまま暗い兵営と死につながるのが佐々木たちの未来だったが、彼は特にそれを悲しいとも思わなかった。逆らったところで、どうなるわけではない。ただ入営の前に一度ぐらいは恋愛の真似ごともやりたかったし、出来ることなら、毎夜夢みる女の体を味わってみたかった。だが周りには彼を愛してくれる少女も体を与えてくれる女もいない。

古本屋の娘でもいいと佐々木は本気で考えた。あの部厚い眼鏡をかけた娘でも性慾の対象にはなる。あれこれと思案した末、まずい字で感傷的な文句を書き並べた手紙を父親の蔵書の一冊に入れて、古本屋に出かけた。

硝子戸をあけると、例によってかびくさい臭いが鼻をついた。うす暗い店の奥で娘は両手を畳についてひろげた新聞を読んでいたが、佐々木が店に入っても顔をあげなかった。彼はしばらく書棚を眺めるふりをしてから彼女の前に立った。

むくんだような顔をこちらにあげて、娘は本を受けとり、背表紙を見た。

「うちにはこれ……三冊もあるんやわ」

独りごとのように呟いて表紙を開いた時、便箋《びんせん》が畳にふわりと落ちた。

「いくらですか」

佐々木はあわてて訊《たず》ね、娘が口にした値段に、いいよと答え、そして金を受けとると足早やに店を出た。

娘があの手紙を読むことは確かだった。昼すぎの強い陽のあたる道を歩きながら彼は今更のように性慾のはけ口ほしさにやったことを後悔した。あの娘が手紙を読んで嘲《あざけ》るようなうす笑いをうかべている顔が眼にみえるようで、愚かにも彼はその最後に自分の名まで書いてしまったのだが、考えてみると名を入れぬほうが良かったのだ。

そのくせ、その夜は、彼はいつもよりもっと具体的に、もっと細かに古本屋の娘の太った裸体を闇のなかで想像した。その体の一部分一部分を自分の都合のいいように拡大してみたりして思いうかべた。

四日ほど経ってから彼は古本屋をもう一度訪れた。奥の暗がりに娘は坐っていたが、佐々木はそちらに眼をやらず、ながい間、書棚にむきあっていた。背中全体でじっとこちらを見つめているらしい彼女の視線を感じながら、彼はほしくもない小説を一冊ぬきだして突きつけた。

その時、部厚い眼鏡をかけた汗をかいた白い顔に笑いがうかんで、

「いいわ。半値にまけておくわ」

それから会話がはじまった。娘は手紙を読んだとも言わず、彼もそのことに触れなかった。娘の膝から猫が飛びおりたので、猫の話をした。迷い猫で、父親が徴用で家にいないから飼えるのだと彼女は言った。

宝塚の駅から劇場や植物園に向う桜並木の道だけは昔とは変っていなかった。両側に土産物屋がふえ、小さな旅館や飲食店が並び、高校生らしい女の子がぞろぞろと列をつくって歩いている。動物園の灰色の壁のむこうから、何かを引き裂くような獣の声がきこえてきた。女は、

「この動物園でしょう。ライオンと豹《ひょう》との間に子供を作らせたのは」

と佐々木の知らぬことを教えた。

「よく、知っているね」

と言うと、

「新聞だけは丹念に読むようにママに言われているんです」

と答えた。

彼は工場のないある日曜日、この道を古本屋の娘と歩いたことをはっきり憶《おぼ》えている。あの頃の宝塚とくると、両側の店には埃《ほこり》をかぶったような木細工の人形が型ばか

りおいてあるだけで、飲食店も戸を閉じ「休業」という札をわびしくぶらさげ、どの家も死んだように静まりかえり、防火用の水槽や筵《むしろ》を入口の前においてあったのも記憶にある。

その日、娘と何処に行ったのかは忘れた。劇場などはなく、ただ一つの映画館は週に一度だけ開いていたのだから、その映画を見に行ったのかもしれない。彼はこの白豚のような娘と自分が恋人同士だとは思っていなかったが、彼女が宝塚の裏山で体を与えるまでは、随分、歯が浮くような言葉も口にした気がする。

若い男と女とがたとえ日曜日であれ、寄りそって歩いていれば国防色の服を着た男から咎《とが》められかねぬ時だったから、佐々木はわざと宝塚の裏山をぬける道に彼女を連れていった。

山躑躅《やまつつじ》が散ったばかりの季節で湿気のこもった暑さが道に充満していた。日陰をえらんで歩きながら彼は彼女が時々たちどまって眼鏡をとり汗をふくのを見た。眼鏡をとるとその顔はむき卵そっくりだ。ようやく小さな渓流に来て酸化した赤い岩に腰かけ、靴をぬいで彼は足を浸した。

「ぬるぬるして気持わるいんとちがう」

と娘はたずね、

「どこから、この川、流れてくるんやろ」

と呟《つぶや》いた。

岩の上を蜥蜴《とかげ》が走ってすぐ穴のなかに消えた。白い砂に蟻地獄が擂鉢《すりばち》のような小さな穴をこしらえて獲物のかかるのを待っていた。

古本屋の娘はその穴のなかに、足もとに動いていた背の赤い蟻を一匹つまんで放りこんだ。と、砂が急速に崩れてなかから灰色の蟻地獄が姿をみせ、もがく蟻に飛びかかった。蟻は砂のなかに消えてもう這《は》いあがって来なかった。

「おもろ。もっとみつけてよ」

佐々木は女の残酷な遊びをじっと見つめていた。短いくせに白い指で蟻をつまんでは穴に放りこむ。そして蟻の生命が消えるのを笑いながら部厚い近眼鏡の奥から眺めている。佐々木がその肩に手をかけると、

「なにすんねん、え」

と抗《あらが》うような形だけ見せながら、そのくせ少し唇をあけて彼の体に倒れかかった。上歯と下歯との間に唾《つば》が糸のように引き、汗くさい臭いが鼻をついた。彼女の首も胸元も汗でぬれていた。事がすべて終ると佐々木は、眼鏡を丹念にふきながら顔にかけなおしている彼女がひどく醜いものに思えた。あたりの風景もひどく、しらじらしく眼にうつった。情慾《じょうよく》をみたしたあとが、こんなに虚《うつ》ろだとは彼は知らなかった。その体にふれることも話しかけるのも嫌だった。

さっきとは違って彼女は急に甘えた鼻声をだして佐々木の手を握った。

「どないしてん」

その山はここから昔と同じように見ることができる。昔とちがっているのは、おそらく二人が歩いたあの道も、既になくなったのではないかと思われるほど住宅が建てられていることだ。住宅の上はブルドーザーが削った白い花崗岩《かこうがん》質の山肌がのぞいている。

動物園に入る。女が、そのレオポンというライオンと豹との子供を見たいと言ったからだ。小さな噴水のある池を中心に檻《おり》が広場をかこんでいるが、どれがそのレオポンの居場所かわからない。セメントで作った汚ない岩山に猿たちが這いのぼり、子供たちがキャラメルを投げ、鳥たちの鳴声にまじって、震えるような猛獣の叫びが聞えてくる。

あの頃、この動物園にはほとんど動物がいなくなっていたのを佐々木は急に思い出した。食糧難で猛獣は一頭一頭、毒殺され、その代りに檻のなかには鶏や豚が飼われていたのだ。

にもかかわらず、かつてそこにいた動物の臭気――尿と糞《ふん》との臭気だけはいつまでも残っていた。その臭気は古本屋の娘とはじめて唇をあわせた時の口臭を彼に思いださせた。

あれは本当だったのか。それとも彼を脅すための企《たくら》みだったのか。

「うち、心配やわ」

そういう行為が裏山で三、四度あった後、女はいつものように渓流のそばの岩で蟻地獄に蟻をやりながら、急に呟いた。

「体の具合がおかしいねん」

はじめ佐々木はその意味がよくわからなかった。愚かにも彼は、

「なんや。どこが悪いねん」

とたずねると、娘は嘲るように笑って、

「あれが今月、ないんよ。心配しとるの」

と言い、じっと彼の顔を見た。それから、

「もし、そうやったら、あんた、どないするの」

とさぐるようにたずねた。

太い棒で思いきり叩《たた》かれたような気持だった。そういう結果を彼は全く考えてはいなかったのだ。

「いつも、必ず、きちんきちんとあるんか」

彼が相手の表情を窺《うかが》うように見あげてきいた。

「うち、丈夫やから、狂ったことがないわ。だから、心配しとるんやないの」

「偶然、狂ったと言うことも、ある。偶然……」

その偶然に逃げ場所を求めるようにして彼が呟くと、

「そんなこと、ない」

彼女は、はっきりとそう首をふった。

しばらくの間、沈黙がつづいた。彼がおそるおそる顔をあげると、娘は近眼鏡の奥から蟻地獄の擂鉢のような小さな穴をみつめ、一匹の蟻を掌《てのひら》から落しているところだった。

「あんた」

と彼女はまるい顔をあげて唇をゆがめながら言った。

「いやになったんやろ」

「なにが」

「うちのことが……」

「そんなことない」

しかし、その瞬間、彼の心の奥に、もしそれが可能ならば、このみにくい娘を蟻のように小さくして、小さな擂鉢型の穴に突き落したいという衝動が走った。砂のなかに娘は蟻地獄につかまってもがきながら吸いこまれていく。砂の上に彼女のかけていた部厚い近眼鏡が一つ、転がっている。

翌日から旋盤を扱いながら、彼はそのことばかり考えていた。列をなした旋盤の前には彼とはちがって屈託なげに作業服を着た仲間が立っている。次の日曜日を待とう、次のそれまで待てば本当に子供が出来たかどうかがはっきりするだろう。女の生理が狂うということだってあるにちがいない。月経は当人の気持の変動で日が変ることがあると何かに書いてあったのを彼は思い出して、溺《おぼ》れる者のようにその言葉にすがりついていた。

だが十日たっても、同じ結果ならば、彼が逃げることのできるただ一つの方法は赤紙だった。入営してすべてを有耶無耶《うやむや》にすることだった。この時ほど彼があれほど怖《おそ》れていた召集令状をほしいと思ったことはなかった。

友人たちが急に自分より年下の少年のように見えた。こいつらはまだ女の味を知らない。女の味を一度か二度、味わったことのある奴でも、今、俺の悩んでいるような悩みを知らない。作業の合間に、みなで話しあう猥談《わいだん》さえ佐々木には幼稚な子供の会話のように聞えた。

怯《おび》えながら次の日曜日、いつも待ち合わす駅のホームに行った。古本屋の娘はぼんやりと立っていた。

「どうやった」

娘は近視眼の細い眼で彼を眺め、くたびれたように首をふった。

動物園をぬけると、植物園との境界に人造の池があって、白鳥の形をしたボートが何隻もうかんでいた。恋人たちや親子たちがそのボートを漕《こ》ぎながら橋の下をくぐっていく。池の岸辺にあるレストランは満員だった。佐々木は次第にこのホステスと歩くのに飽きてきた。ただ今晩、もう一度、彼女の体を抱くという期待だけでこの陽ざしのなかを歩いているにすぎない。

「植物園など行ってもつまらんだろう」

「でも、こんな家族づれで楽しめるような場所に滅多に来たことはないのよ。わたしたち日曜日は洗濯やなんかで一日つぶれるでしょ。それに、連れて行ってくれる人もいないし」

「嘘をつけ」

女は自分の借りているアパートのことを話した。引越しをしたいのだが銀座に通うのに便利な場所だと、敷金や権利金がべら棒に高くつくから我慢しているというのだ。

「右も左もアパートばかりでしょ。味気ないわよ、そりゃ」

たった二日一緒だっただけなのに、彼女の言葉はまるで女房のようにぞんざいになっている。佐々木にはそれが不愉快だった。

あのことが決定的になってから一週間目の日曜日もよく晴れていた。彼は娘と午後にまた会う約束になっていたが、それを考えただけで気が重かった。

「うち、母さんにうちあけようかしらん」

彼女は先週、急にそう言ったのだ。その調子には一週一週と決定的な態度を引きのばしている彼を脅迫する何かがあった。彼女はまだそれを露骨には口に出してはいなかったが、彼は相手が何を要求しているのかははっきり感じていた。

「よせよ」

彼は顔をそむけて弱々しい声で拒絶した。

「うちあけるのは何時でもできるじゃないか」

「そんなら……ほかに、どないな方法があると言うの」

そう言われても、彼は返事のしようがない。赤ん坊を堕胎《おろ》せと咽喉《のど》まで言葉が出かかったが、たとえ彼女がそれを承知したとしても、どのくらいの金がかかるのか、どの医者に行けばよいのか、彼には見当もつかない。

「とに角、来週までに考えるから」

「先週かて、同じこと言うたやないの」

眼鏡をかけた顔が急に彼には大きくなり、こちらに迫ってくるように見え、今まで心で舐《な》めていた彼女が一すじ縄ではいかぬ年上の女だとわかった。その瓜《うり》の皮をむいたような顔をながめ、佐々木はまたあの蟻地獄の穴を思い出したのだった。

こうして最終的に結論を出さねばならぬ日曜日の午前は息苦しく重く過ぎた。空は晴れてかなり暑い日で庭に植えた南瓜《カボチャ》と玉蜀黍《とうもろこし》の葉が生気なく垂れさがっていた。その菜園は彼の家のただ一つの栄養補給源だったから、家中総出で草をむしり、水をかけているのである。

ラジオがすり切れた音をたてて西部軍管区の情報をながしていた。敵の偵察機が淡路《あわじ》島《しま》のあたりを旋回しているらしいのだが、そういう情報はこの頃、日常茶飯事だったし、空襲は大阪や神戸に時折あってもこの宝塚までは来る筈《はず》はなかったから、彼は庭に出て草むしりをやっている父親と母親との手伝いでもしようかと思った。

この時、雲ひとつない空の遠くでかすかな爆音がきこえた。爆音は次第にその音をまして、父が不審そうに空を仰いだ。彼も窓に手をかけて顔を斜めに上にむけた。突然、轟音《ごうおん》が屋根の上にひびいた。

家中がゆれたのはその瞬間である。壁に稲妻のようにジグザグな罅《ひび》が走った。そして列車が鉄橋を走るようなすさまじい音が頭上でした。四方の壁土がもがれて床に落下した。佐々木は物も言えず、それらの光景をたちすくんだまま凝視していた。大声をあげ、家を走り出ようとしたが、この時、二度目のすさまじい響きと共に窓硝子《ガラス》が飛び散って散乱した。夢中で机の下にもぐりこんだ時、机に天井の壁の一部がぶつかるのがわかった。眼前で家具が倒れ、花瓶の落ちる音がひびいた。「父さん」と彼はほとんど泣きながら叫んだ。何とかして庭にいる父親と母親のところまで這《は》い出したかったが、それは不可能だった。

急に静かになった。無気味なくらい静寂は不意にやってきた。彼は机の下で、まるで全世界の人間が死滅して自分一人が生き残ったような感覚がした。

「父さん」

よろめくように立ちあがりながら、彼は泣き声をあげた。

「父さん」

すると菜園のなかから父親が病人のようによろよろと立ちあがる姿が彼の眼にうつった。母親も同じように体を起した。母親の髪も肩も土をかぶって灰色になっている。ながい間、物も言わずに三人は壁土が内臓のようにむき出した家を眺めていた。地面に屋根瓦《やねがわら》が粉々に散っていて、屋根の三分の一が剝《は》げていた。家のなかは硝子や壁土で足の踏み場もないぐらいだった。この家は父親が長年かかってやっと土地を買い、建てたものである。母親は黙って髪にかぶった土をはらい、落ちた花瓶や人形をひろいはじめた。

「煙や」

と佐々木は父親に教えた。

「工場のほうが燃えとる」

今まで気づかなかったのだが、松林の向う側、学校や工場のある地帯から黒い煙と赤黒い炎が動いていた。耳をすますと竹のはぜるようなその焼ける音が聞えた。

「俺、行ってくる」

彼が家を出ようとすると、

「よせ、行っても仕様がない」

と父親が首をふって、くたびれ切った声で、

「いつまで続ける気やろ、こんな馬鹿な戦争を」

黒煙は空に拡がり、まもなく、その煙が雨雲をよんだのか大粒の雨が降りはじめた。血まみれになった少年を男が背負って彼の家の前を通りすぎた。

「工場も大学前の店も、皆、焼けてしもうたで」

男は父親に吐きすてるようにそう言った。佐々木は古本屋も焼けたかと聞きたかったが黙っていた。そして心のなかで、あの娘が死んでいることをひそかに望んでいた。

植物園をみて、劇場のなかにあるレストランでお茶を飲んでから、帰ることにした。女は満足したように、

「神戸に来た甲斐《かい》があったわ」

と幾度もくりかえした。こんな些細《ささい》なことで銀座のホステスが感謝するとは思っていなかったので佐々木はふしぎな気持がして、この女は結婚すればつましやかな生活に満足するタイプなのかも知れぬと思った。できればこんな女をアパートに囲ってみたいとも考えたが、その出費や気苦労が頭にうかんで、やはり、時々、出張の折、連れ出すほうが得だと計算をした。

帰りの電車は往きと同じように桜の並木の間を走り、武庫川の橋を渡った。宝塚ホテルのクリーム色の壁が樹木の間から見えた。

電車のなかは宝塚で遊んだ客で混んでいた。年寄りや子供は二つ目の駅をすぎる前から居眠りをはじめ、女の子は友だちとブロマイドやプログラムを見せあって大声でしゃべっていた。

そして電車が彼のかつて住んでいた場所に近づいた。

(誰にもわからない)

二十数年前と同じように彼は心のなかで呟《つぶや》いた。

(誰にもわからない)

それは古本屋の娘が爆撃で母親と一緒に死んだことを知った時、彼が無表情のまま自分に言った言葉だった。俺は助かった。頭のなかにも胸のなかにもあの近眼のみにくい娘とその胎内にできた自分の種の生命が死んだことにたいする悲しみも呵責《かしやく》もなかった。彼は両親に素知らぬ顔をし、工場で旋盤をまわしている仲間にも何も言わなかった。あれから二十数年後、妻もそのことは知っていない。それから三ヵ月後、彼は姫路の部隊に入隊した。

電車が、あの娘と待ちあわせたホームに滑りこんだ。爆撃のあった工場のあたりは競馬場になっているそうで、灰色の建物がみえる。ホームから競馬を見終った客が乗りこんでくる。

佐々木は今晩、女からまた味わう快楽を思い、彼女に明日いくら渡してやろうかと考えた。

人食い虎

眼の昏《くら》むような直射日光が領事館の庭やそれを縁どる棕櫚《しゅろ》やゴムの葉に溢《あふ》れていた。地面の上にくろぐろと落ちた建物の蔭《かげ》のなかに裸足《はだし》の少年が猫のように丸くなって眠っている。

ターバンを巻いて長いあご髯《ひげ》をはやした老人がその横で膝《ひざ》をだいたまま空を見あげていた。空は雲一つなく碧《あお》かった。日本のように爽《さわ》やかな碧さではなく今日の午後の重くるしい暑さを既にはらんだ色である。

もっとも領事館のなかは外の熱気を入れないよう、鎧戸《よろいど》をしめていたから、いくらかひんやりとしてうす暗かった。その上天井にも壁にも印度《インド》特有の白檀《びゃくだん》の香の臭いがしみこんで、それが汗ばんだ肌に一種の清涼剤の役割を果してくれる。

白ズボンに白シャツを着た四人の館員たちはコカコーラの褐色の液体をしきりに飲みながら仕事をしていた。ひる飯の時刻までまだ半時間ほどあったが、この国の習慣で昼食後は日がかげるまで人も獣もねむるので午前中の要務は今のうちに急いで片付けておかねばならない。

「木下君」

今までタイプの音をしきりにならしていた渋沢二等書記官がレミントンの器械から指を離すと、

「扇風機は何時になったらなおるのかね」

天井からぶらさがった椰子《やし》の葉のような四枚の羽をみあげてたずねた。

「はあ」

隅の机に腰かけていた木下という背のひくい、眼鼻だちのひどく貧弱な男が椅子からあわててたちあがると、

「修理屋には三日前電話をかけておいたのですが……」

「三日前にですかねえ、印度人はだから嫌になるよ。日本の職人ならこんなもの、その日に飛んできて半時間で片付けてしまうでしょう。それがこの国じゃ、どうです、顔と体だけは一人前の大男のくせに仕事とくると文句ばかり言って。……木下君電話をかけておいたじゃ返事になりませんよ。催促してください。催促を……」

「はあ」

顔を強張《こわば》らせた木下は机の上の書類に文鎮をおくと、鼻におちた眼鏡をずりあげながら部屋を出ていった。

木下が出ていったあと、部屋のなかでしばらく沈黙が続いた。官補の坂上と江村とはコカコーラを口にふくみながら仕事を続けている。

「どうも木下君にも困ったもんだよ」

二等書記官はレミントンに皮のカバーをかぶせて、

「昨日もここにくる代議士たちのためアショカ・ホテルの部屋をとったかと聞いたら未《ま》だやっとらないんだね。この男まで印度ぼけをしてしまったのかと不安でしかたがない。あれだから女房に逃げられるんだ、歳は三十五なんだろ。大体、代議士連中に二流ホテルをあてがえば、どんなに文句を言うか、属官の彼にだって領事館の飯で生活してきたんだから充分、わかっているだろうに……」

「なんなら」と坂上がまだ若い小利口そうな顔をあげて「私がホテルまで行って交渉してきましょうか」

「そう願えたらね。こんなことは属官の木下君の仕事で官補の君たちにやらせる筋合じゃないんだが……」

「構いませんよ、すぐ行って参ります」

「いや、午後からでいい」

渋沢二等書記官はたちあがって部屋の鎧戸を両手で押した。烈しい熱気と日の光とが熔《と》けた鉛のようにながれこんだ。窓のむこうには日本の猿すべりに似て、猿すべりよりももっと大きな火炎木の樹の真赤な花が赫《かがや》いている。その枝と枝の間に陽炎《かげろう》にひかった街の家々が拡がっていた。

庭の建物の蔭のなかには少年が猫のように丸くなって眠り、よごれたターバンを巻いた老人はさきほどと同じように膝を痩《や》せた手がかかえたまま、空を見つめていた。

「ああして、あいつ等一日中、じっとしているんだからね。ネール氏が何を言ったって、あの御連中相手じゃこの国はどうにもなりませんよ。この国の政治家は口では美辞麗句の人道主義を並べるけれど、並べるだけで何一つ実行できないんだ。とにかく、印度はぼくの性に合わんね。早く人間らしい国に転勤したいものだねえ」

「渋沢さん、今度、発令がでるとすると、ぼく等は何処に行かされるでしょうか」

万年筆を動かすのをやめて官補の江村は、真剣な声をだした。

「君たち？　さあ知らんよ」と二等書記官はうすら笑いを浮べて「君たち研修生の時は専門が仏語だろう。なら、アフリカのフランス領行きという可能性もあるね。ま、いいじゃないか。象の国から鰐《わに》の国に出かけるのも悪くはないからねえ」

「冗談じゃありません。そりゃ渋沢さんのようにもう伊太利《イタリア》やカナダをおまわりになった方はいいですが、私たち研修が終って官補になると振出しが印度でしょう。矢張りヨーロッパの大使館に行きたいですよ」

「なら、明後日から代議士諸公の御機嫌を一生懸命、とりむすんでおくんだね。なに、世話の焼ける田舎者の集まりだと思っていればいい」

昼はもう近かった。領事館の背後にある林には昼ちかくなると、烏の群が嗄《しわが》れた声で鳴きだすのである。おそらく領事館のキッチン・ルームで支度する昼食の匂いが鋭敏な嗅覚《きゅうかく》をもった彼等を遠くから呼ぶのだろう。

牛と烏は印度の名物である。この街の郊外にも——いや、郊外だけではなく街の真中にまでこのいやらしい鳥はいやらしい声をあげて集ってきた。街の広場にあるラッセル公園《パーク》にも合歓《ねむ》や楠《くすのき》の大木に五、六羽ずつかたまり、群と群とでたがいによびあい、歩道の上にも屋根の上にも脱糞《だっぷん》をする。

その烏の群の声が鳴きわめくラッセル公園を属官の木下は汗をぬぐいながら通りぬけていた。

広場は公園を真中にして歩道に日よけの屋根を出した事務所や店が囲んでいた。地べたの上には靴みがきの子供たちの群や乞食《こじき》がしゃがんでいる。外国人やはじめてこの街に来た旅行者とみると彼等は声をあげてあとについてきた。膝のちぎれたズボンをはいた子供たちの中で靴をはいている者は一人もない。乞食のなかには顔を毛布でかくし、杖《つえ》をつく不具も多かった。

木下はポケットから小銭をつかんで子供たちにばらまくと彼等の歓声をあとにして大通りに出た。

大通りのアスハルト路は四十度の直射日光で熔かした鉛のように光っている。二、三人の男が路《みち》ばたの馬車の日蔭に横になってもう昼寝をはじめている。馬はくるしそうな顔をして、しきりに前足を動かしていた。

領事館に戻るタクシーをつかまえようとして、ふしぎに一台の空車もないので木下は歩道にあるベンチに腰をかけて汗をぬぐった。どうせ今、戻ったところでランチ・タイムだから陽がかげるまでは事務は始まらないことに気がついて彼は大通りを突きぬけるとガンガー河の方角に歩いていった。

褐色の水量がこの日照りにもかかわらずゆったりと目の前に拡がっていた。ガンガー河にそって茂った合歓の樹の葉が水面に大きな黒い影をおとしている。ここでももう死んだように地べたに横になって眠っている印度人たちが多かった。水の中に素裸のまま入って騒いでいるのは子供たちである。

昼食時だから、この河に集った連中を相手に商《あきない》をする屋台も出ていた。日本の縁日のように赤や黄色い色のついた飲料水を硝子《ガラス》の瓶に入れた店もある。ドラム罐のなかに紅茶を入れて凹《へこ》んだアルミのコップで、一杯幾らで飲ませている男もいる。地面にあぐらをかいたまま、栗色のあご髯《ひげ》をはやした中年老人が四、五人の客にチャパティという煎餅《せんべい》に似た麦菓子を籠《かご》の中から新聞紙に包んでは渡していた。チャパティはローティやプーリーと同じようにこの国の庶民がたべる常食だった。その麦菓子を受けとった連中はいざりのように地面にしゃがんだまま口のなかに押しこむようにして齧《かじ》る。

老人の横にはまだ青いバナナを二束ほどおいた中年の男がゆっくりとホッカとよばれる水煙草を喫っていた。水を通した長い煙管と煙草を入れた銅の筒を手にもって眼を細めながら煙を吐きだすのである。

瘦せこけた灰色の牛が四、五匹、群をなしてそれらの人の群の間を鈴の音をならしながら通りぬけていった。脇腹や腰の骨がとびでているから、飼主のないことがすぐわかる。しかしこの国では牛は霊獣だからだれも悪戯《いたずら》をしたり殺したりはしない。

石段に腰をおろして木下は鼻の下にずり落ちた眼鏡をとり、よごれたハンカチでふいた。

街のなかでもこのあたりの風景が木下は好きだった。黄昏《たそがれ》になる。今まで熱気と針のように眼を刺していた碧空が次第に紫色に変る時、この河のほとりに坐《すわ》ってヤシの木や仏教の寺院が並ぶ対岸や、いつまでも、ものを言わない大きな褐色の流れをじっと眺めて飽くことがなかった。そしてまたこの河岸に彼と同じようにしゃがんで、顔を手で支えながら空を凝視している老人や、母親に叱られながら泥水のなかから這《は》いあがってくる腹の膨れた子供たちを見るのも好きだった。

戦争が終って、大阪外語学校であまり受験生のいないこの国の言葉を学んだのはただこの科が入学しやすいというためだけだったが、在学中からこの国とこの国の風景にたいする憬《あこが》れは少しずつ彼の胸に根をはやしていった。だが改まってその理由を、人にたずねられればこの気の弱い属官は眼鏡の奥で眼をしばたたいて口ごもるより仕方がないのである。だから彼が外務省の印度大使館付きの書記生になったのも、いわゆる東大出の官補たちとちがって外務省の中で出世コースを歩もうという野心のためではなかった。もっとも野心を抱いたところで学閥の厳しいこの世界では既に彼の未来はせいぜいのところ理事官までときめられていたと言ってよかった。未来だけではなく領事館における彼の仕事は年のひくい官補たちとも区別されていて、今日のように扇風機の修繕を交渉したり、邦人旅行者のホテルを予約したり、ビザの紙を写したりするような、いわば小使のような職務を与えられているにすぎなかった。

それでも、もう少し野心でもあり、上役の渋沢二等書記官の気に入るように動きまわれば、それはそれで昇進の路も開けただろうが、もともと気が弱く、なにごとにも不器用で風采《ふうさい》のあがらぬ木下はあとから着任してきた研修生にまで馬鹿にされてしまうのである。

まひるの陽は更につよく河岸の石段にてりつけた。チャパティの麦菓子を噛《か》んでいた男たちは思い思いに河岸にそった大きな合歓の樹《こ》かげをみつけると、そのまま地面の上に横になって眠りはじめた。対岸のヤシの葉が陽光にきらきらと光って鋭い刃物のように見える。今から午後三時ごろまでこの街では人も物も死んだように眠りこけるのである。木下は火照りたったズボンの暑さを腿《もも》や膝《ひざ》に感じながら河岸の石段からたちあがった。

ニュー・デリィの大使館から領事が三人の代議士を同行して戻ってくると属官の彼の仕事は急に忙しくなった。代議士たちの旅行は棉花《めんか》栽培の視察が名目上の目的だったが、もちろん領事館の側では彼等の取扱いかたを心得ていた。街の東北にある豪華なアショカ・ホテルの一等室が彼等の宿舎にあてられた。おもてむきの工場視察や棉花農場の見学には渋沢二等書記官が彼等に同行した。領事館では日本食を設けて領事夫人や書記官夫人までが陪食をする。

木下の仕事は彼等が視察する工場や農場に前もって連絡をしたり、ホテルに車を廻《まわ》したり、途方もなく次から次へと買いこむ土産物を領事館の現地使用人とパッキングをして日本宛発送したりすることだった。次から次へと細かい下仕事は絶え間がなかった。

結局は国民の税金であろうのに、代議士たちは惜し気もなくドルを使って土産物を買った。街の目ぬき通りはラッセル公園から放射状に走る四つの道路のうち、西の通りのパンジャーブ街で、ここには印度さらさや白檀《びゃくだん》や象牙《ぞうげ》の細工がどの商店にも並べられていたが、腹のつき出た小野という外交調査委員会の代議士を真中にして白服に蝶《ちょう》ネクタイをしめた彼等は、白檀の匂いの強くしみこんだ店にずかずかと入っては、

「おい、一番、高いもの出せと言え」

通訳につれてきた官補の坂上や属官の木下にそう命令しては、高い印度さらさや象牙の細工などをほとんど調べもせず買いあげていった。

「小野さん、福村の女性にばかり土産物を買っては、叱られる向きがありゃせんのか」

領事館の車にのりこむと連中の話題は木下には全くわからない待合の女性たちの噂にうつった。

「こう乞食の多い国はかなわん。要するに四流国はいつまでも四流国ですな。いずれは何処かの国の植民地にまたなりますぜ」

車の硝子窓から荷物を頭にのせた裸足《はだし》の印度人たちをみては彼等は口々に話しあった。時々、自動車が停車するたびに珍しげに子供たちがのぞきこむと、彼らの一人は大声で怒鳴りつける。

「満洲《まんしゅう》がむかし、こうだったよ。日本人の我々が一寸《ちょっと》でも甘い顔をすると、ああいう連中はつけあがりますからな。金は絶対にやらんことだ。癖になる」

助手台に坐った木下はそんな彼等の会話を耳にするたびに、隣りでハンドルを握っている印度人の運転手の顔を不安そうに窺《うかが》った。もちろん日本語のわからぬこの運転

手がうしろの代議士たちの傍若無人な会話を一語、一語、理解できる筈《はず》はなかった。しかし会話の調子や語勢から大体、なにを言っているかは感じているにちがいない。そう思うと木下は自分が侮辱されたような苦しさをおぼえた。

木下が代議士のお供をした場所にサフダル・ジャングの霊廟《れいびょう》があった。本当ならば官補の坂上と江村が同行する筈だったが、その夜外務省から緊急電報が入ったために、手のあいた属官の彼にこのあまり有難くもない役目がかぶさってきたのである。木下は渋沢二等書記官から注意されながら、代議士たちに間違った説明をしないように霊廟の解説書を暗記せねばならなかった。

この霊廟は街の東北にむかって、車で四十分ほどの場所にあった。十八世紀のころのイスラム王朝の大貴族サフダル・ジャングの墓であるがその規模や形態が有名なタージ・マハル霊廟に似ているので街を訪れる旅人は欠かさず見物するのである。日中の烈しい熱気のなかで車を走らせるのは大変なので、代議士たちは見物の時間に夜をえらんだ。

「寺見物はわしの趣味じゃないがどうせ日本に戻って、行ってきたと、そう言えばええんじゃからね、夜も昼も同じことだ」

と代議士の一人が笑いながら大使館さしまわしのシボレーに乗りこんだ。車が街の中心をすぎて下町にちかづくと竹と泥の家にかこまれた広場にバザール（市場）が並び竹籠《たけかご》に入れた西瓜《すいか》や野菜やさまざまの果物にアセチレンランプの光がかがやき印度特有の一種ものがなしい音楽がながれる路《みち》を人々が散歩していた。それは木下がまた、この国で愛する市巷《しせい》の夜の風景だった。

「こういう場末はどうも臭くってならん。この臭気はなにかね」

「はあ、民家の泥壁とそれに香の匂いと思いますが……」と木下が小声で答える。

「ネールさんもまず仰々しい官庁をニュー・デリイなんぞにたてるより、衛生思想を普及せにゃいかんなあ。癩病《らいびよう》人が平気で町を歩いとるようじゃ、新興国家もあったもんじゃない」

と小野代議士は言った。それからいつものように彼等は視察にきた国の悪口を並べはじめた。外国にくると急に愛国者になるのが日本人の癖である。

昼間の埃《ほこり》で灰色になった合歓《ねむ》の並木をヘッドライトが浮きあがらせる。両側は月の光にてらされた水田である。時々、鈴をつけた痩《や》せた牛の群が路を横切ると車はその間、辛抱づよく停車していなければならない。

「どうしたんだ」

「牛でございます」

「警笛をならして脅しゃあ、ええじゃないか」

木下は牛は印度では霊獣ですので、と助手台からくどくどと説明した。

やがて、青白い夜空にサフダル・ジャング霊廟の塔が黒々とうかんできた。昼間の烈しい熱気は忘れたように、月の光に路も崖《がけ》もぬれて光っている。

車をとめて一同がおりると、一面の叢《くさむら》からこおろぎに似た虫のすだく声がきこえる。

代議士の一人はしきりに左手で自分の肩を叩《たた》きながら、

「海外旅行もええが按摩《あんま》のおらんのがかなわん」

木下はジャングルの廃墟《はいきょ》全体が月の光を吸いこんだふるい沼のように思えた。自動車のエンジンの音と、クローバーによく似た叢にすだく虫の声以外なにもきこえない。いや、その虫の声のためにさらに森もこの廃墟もふかい静寂そのものに包まれているようにみえる。樹齢は百年も経たにちがいないモミの樹々と石壁との影が銀色の月光にぬれた広場にくっきりと動かない影をおとしている。その向うにサフダル・ジャングがその愛妃のために送ったアウランゼーブの門が影も静かに直立していた。

「冷えるなあ、印度の夜も。もっとも日本の今はこんな寒さじゃなかろう。来週になりゃもう東京に戻って熱い酒に、このわたで一杯やっとるんだから……」

「そろそろ里心がつきましたな」

「いや、血圧の心配をしながら飛行機に乗るのも楽じゃあ……」

代議士たちは木下のほそぼそとした説明をほとんど聞いてはいなかった。

このサフダル・ジャングの廃墟が昼と夜とでこれほど違った光景を呈するとは木下

は知らなかった。この霊廟には今までなん度も足を運んだ彼だったが昼間は八ミリカメラを肩にぶらさげた背のたかい米国人の観光客や彼等を乗せるバスが右往左往している。その観光客に物乞《ものごい》をする子供が石段や石壁のそばに声をあげ手をさしのべる。

だが今はどうだ。きこえるのは廃墟のなかで虫のすだく声だけである。蔓《つる》のからんだ高いモミの木の中で時々、羽ばたきをする鳥の音だけである。月の光は石段にも崩れた壁にも惜しみなく清冽《せいれつ》な水のように注いでいる。月の光は水よりも青白く、水よりもすき透っているのだ。その月光に照らされた石壁にほりこまれた幾つかの像。おそらくそれはサフダル・ジャングに従って幾多の戦役を戦った武将や貴族の像であろう。そのひらいた眼にも欠けた耳にも月の光は影をつくる。彼等はすべて謎のような微笑をその頬にたたえている。

「委員会までには戻るという電報はもう出しといたですな」

「戻れば戻るで選挙区には一応、顔だしはしておかにゃならんし……」

像はまるでひそかに息をしているみたいだと木下は眼をしばたたいて考えた。ひそかに呼吸をしているのは像だけではない。地面にちらばった円柱のかけら、草にうずもれた石段、そしてそこだけ破壊からまぬがれたアウランゼーブの門が月の光のなかでふたたび幾世紀もの死から蘇《よみがえ》っている。ああ、これが印度なのだ。自分が印度に来れたことの倖《しあわ》せを彼は思わざるをえない。

「もう、このあたりまでで、結構。車に戻ろう」

代議士の一人が仲間のほうをふりかえりながら言った。

「お帰りですか」

木下は車まで走って扉をあけた。三人を乗せて車の扉をしめた時、その音に驚いたのかモミの樹のなかでもう一度、鳥が悲鳴のような嗄《しわが》れた声をあげた。

車が走りだすと代議士の一人が木下の肩を叩いた。

「頼みついでだが、我々三人とも夜が寒うてならんよ」

それから彼は照れ臭そうな笑い声をあげて、

「なんとかならんかね」

「はあ、印度の夜はひどく冷えるものでございますから……早速、手配いたします」

宿舎のアショカ・ホテルに着くと木下はフロントにいた接客係に日本人の客に毛布をふやすようにと頼んだ。接客係は接客係で寒ければ冷房装置をとめるべきだと抗弁する。

翌日、領事館に出勤すると木下は渋沢二等書記官によばれた。

「少しは頭を働かせて下さいよ、むこうじゃ君を通訳にするのは御免だと言ってきましたよ」

「私に……何か落度が……」

「ここの飯も二年ほど食っていられるのだからわかりそうなものじゃありませんか」

書記官はパイプで灰皿をコッコッと叩きながら、

「ただでさえ文句たらたらの人たちなんだから。疲れさせておかないと苛立《いらだ》って仕方がない。女はすぐにあてがうべきですよ」

夜が寒くてならぬと言う昨夜の言葉は女性を世話しろという意味だったのかと木下はやっと気がついて、しまったと思った。

彼が部屋を出ていくと、二等書記官は舌うちをしながら官補の坂上と江村とをふりかえった。

「現地雇いの属官はこれだから困る。気がきかないにも程があるよ。だから細君にも逃げられたんだろう」

「へえ、木下さんは」と坂上はびっくりしたように顔をあげた。「奥さんに逃げられたのですか」

「知らなかったのか。女房か婚約者かしらないが、別れたという話だね」

代議士たちの滞在の日程には工場や農場視察のほかに偶然、面白い見物がふくまれることになった。ちょうど彼等が訪問したバゼラの農場主たちが家畜を荒す虎狩りを計画していたのを渋沢二等書記官が聞きこんで、その見物を許されたのである。

バゼラの農場は街から五哩《マイル》の先きにある。一たいこの地方は地味があまり豊かではないので街をながれるガンガー河の下流地方や東海岸地帯のように小麦や種子油を栽培しない。農民が主として植えるのは高粱《コーリャン》と棉《めん》である。

飼っている家畜は水牛や牛が多い。この街を出るとマングローヴの密林に覆われたガンガー河の泥水のなかによく腰に布を巻いた農夫が水牛の背を洗ってやる姿を見ることができる。水牛や牛は宗教上の尊敬の対象にもなるがこの地方の農民には労働力の大事な代用でもあるのだ。

虎はその習性からいって滅多に人にその姿をみせない。しかし秋から冬にかけてこれらの家畜を狙うことがある。四月に発情する彼等のうち、妊娠した牝《めす》は活動が鈍くなるために軽快な鹿やかもしかの一種であるブルーブルを捕えることができない。彼等の中には危険を犯して部落に近づき、家畜小屋をおそうものもあるのはこの季節だといわれている。

ちょうど半ヵ月前、バゼラの農場で飼っている水牛一頭が一匹の虎に殺された。それに味をしめたのか、その後も二度、三度と牛を狙いにあらわれた。農場をとりまく部落では柵《さく》を作って虎を柵どりにすることになった。

この地方では虎と闘うには二つの方法があった。一つはビート（追い出し）とよばれる方法で部落民たちはジャングルの木や竹を切ってそれで頑丈な柵囲いを作る。この柵囲いのなかに、武器をもった勢子《せこ》たちが声をたてながら叢や灌木《かんぼく》のなかに逃げかくれた虎を追いこんで射殺する。

もう一つの方法はこれよりも冒険的である。虎の通行した、もしくは通行する路《みち》に囮《おとり》の鹿か牛をつないでおく。銃をもった男は樹の上にマチャンとよばれる射撃台をつくり、その中で一晩中、虎が誘《おび》きだされるのを待っているのである。

領事館が代議士に見物させようとしたのはもちろん前者のビートのほうであってマチャンによる猟ではない。マチャンのように射撃手と虎との一対一の闘いはないかわりに、前者は一種のお祭りさわぎがある。見物人は柵の外で虎が血を流し、うつ伏せになるのを見るのだから危険性はない。

この見物に木下が加えられたのはバゼラの農場には英語を話す者が三、四人しかいなかったからである。属官の彼も外語で専攻しただけあって印度のさまざまな言語のうち印度アリアン語だけは領事館の館員のなかでは一番、うまかった。

四年にわたる印度での生活の間、彼は一度も虎狩りを見たことはなかった。しかし虎については一つの生々しい思い出を持っていた。

あれは二年前の秋だった。木下は大使館の印度人運転手の操縦するジープで街から三時間ほど離れたピハニーの町まで出かけたことがあった。ちょうど渋沢二等書記官の前任者だった武藤という参事官が帰国することになっていたので、日本に持ってかえる土産物を買いにやらされたのである。ピハニーは民芸品の盛んな街で、特にピットとよばれる植物と紙と泥とを捏《こ》ねた人形は郷土色ゆたかなものとして珍重されていた。

ピハニーの街を出た時は日は暮れかかっていた。空には薔薇《ばら》色の雲がゆっくりと移動していてそのなかでもひときわ厚い雲層の間から幾条かの光の束がもうすっかり暗紫色に翳《かげ》った地平線を斜めに照らしていた。竹と泥とで作った付近の部落からは白い煙がたちのぼっている。それからジープは褐色の土に覆われた丘と丘との間の新設道路を砂利をとばしながら走った。印度の秋にはこの時刻になると日中の烈しい暑さは忘れたように気温がさがっていく。

マングローヴの林の黒と闇の黒さとがほとんど見わけがつかなくなったころは手で腕をこすりながら体温を調節せねばならぬほど寒かった。さきほどまで烈しくにおっていた印度人運転手の体臭と汗の匂いが全く消えてしまっている。木下は体をゆすぶられながらヘッドライトが次々と浮きあがらせる砂利のつまった道と、その道に埃《ほこり》をかむって倒れかかった灌木《ヒース》の茂みを見つめていた。その時、彼は右手に獣の咆哮《ほうこう》をきいた。

本能的に彼は左手でジープのドアのノブを握った。獣の唸《うな》り声は大分はなれた所から聞えているとはわかったが非常に怖《おそ》ろしかった。声は二度とひびかなかった。そのためにかえって闇のふかさと心細さとが感じられるのである。

動悸《どうき》がしずまるまで彼は黙っていた。それからやっとシャツの胸ポケットから煙草の袋を出して、運転手に一本与え、自分も口にくわえて火をつけた。平生はあまり煙草をすわぬ彼だが、こんな火ではなんにもならぬとは重々、知ってはいたがひょっとすると動物がこわがるかもしれぬという気安めだった。

「あの声何か」

「虎《タンマ》」

運転手の煙草の火口が闇のなかで明滅する。彼は片手でハンドルを握りカーブを切った。木下はなぜかしらぬが丘の頂の岩に片足をかけて咆哮する一匹の虎の姿を突然、想像した。おそらくこの通俗的なイメージは子供の時みた絵本の一頁に描かれていたものだったのかもしれない。

バゼラの柵どりに代議士たちの供をすることにきまった時も、彼はあの夜のことを思い浮べた。彼の心にあるのは昼間の熱気がひき次第につめたくなった大地に住む一匹の孤独な虎の姿だった。彼はなにものにも退かず、なにものにも諂《へつら》いはしない。自分の信ずることに生きることができるし、その信ずることを妨げようとする他の獣や敵に咆哮するのだ。ひもじい時に彼はたべ、眠くなれば彼だけの住家である暗い洞窟《どうくつ》のなかに入って眠る。

木下は自分の頭にそんな一匹の虎のイメージがうかびあがったのに驚いて眼をしばたたいた。と、同時に領事館のなかで絶えず二等書記官や参事官や若い官補の顔色までうかがわねばならぬ属官としての自分の姿とこの虎のイメージとを結びつけて一種なさけない感情に捉《とら》えられた。

それはいつものように朝から午後の暑さがわかるような日だった。眼の昏《くら》むような直射日光がバゼラの農場に向う田舎道をさらに白く照りつけている。その白い路を領事館の借りきった車が三台、濛々《もうもう》たる埃をあげながら進んだ。埃は黄色い粉になって窓硝子《ガラス》をすっかり覆ってしまうのである。といって窓をあけなければ車内の暑さは耐えがたかったから、代議士たちも渋沢二等書記官も白いシャツ一枚になって、罐入りの麦酒《ビール》を絶えず飲んでいた。

やがて暑さで輝《ひび》われた水田のむこうにガンガー河の褐色の水がみえはじめた。バゼラの農場はその帯のようにうねった河の向う側にある。河は街を流れる下流にくらべると幾分狭くなりその対岸にはヤシとゴムとの人工林が続いている。少年がその水に腰を入れて二、三頭の水牛に水浴をさせていた。

「危いな、ああいう時、虎に襲われたら」

と官補の坂上が運転手にたずねると、この印度人は虎は昼間はほとんど姿をみせないのだと説明した。

先頭を走っていた車が急に停車した。それに乗っていたナラグという領事館の使用人が車からおりると、こちらに向いて手をふる。農場から森林保安官が出むかえに来ていると言うのである。カーキ色の制服を着て頭にターバンをまき、髭《ひげ》をはやした保安官は卑屈な笑いをうかべながら一台、一台と車をのぞいて歩いた。

部落にちかくなると、子供たちが走り出てきた。彼らの腹が異様なほど膨れているのに手足が細いのは蛔虫《かいちゅう》のせいである。

太鼓の鈍い音が部落の方角からきこえてくる。保安官は黄色い歯をみせて、こういう太鼓は今はほとんど使わないのであるが、今日は日本の客のために特に歓迎して使用をしているのだと説明した。

この保安官と同じように色のあせたカーキ色のズボンをはき、よごれたランニングシャツやYジャツをはおった農夫たちが四、五人、緊張した面持で部落の方角から現われた。

渋沢二等書記官が英語のできる青年をみつけ、彼を通じて代議士たちに通訳をしている間、木下は汗をふきながら運転手やナラグ青年と車から農場にたいする土産物の入った箱を引きずりださねばならない。

民家は竹と泥とでつくった壁に藁《わら》ぶきの屋根である。その入口の前に黒や灰色の布で腰を包んだ女や老婆が少し怯《おび》えたようにこちらを眺めている。

「おいおい、あの女たちの首輪はなかなか洒落《しゃれ》てるじゃないか。ゆずるか、どうか、交渉してくれんか」

小野代議士は露骨に一人の女が首にかけている装飾を指差して木下に要求した。

このあたりの女は銅貨のような丸く平たい石を幾つもつないで首にかける習慣がある。

「はあ……あとで宜《よろ》しゅうございますか。もう一度、ここに戻るそうですから」

木下は困ったことだと思いながらそんな一時の言いのがれを言った。

この装飾品はこの土地の女たちにとってはそれぞれ母親や祖母からゆずられたもので、いわば日本の昔の女のもった手鏡のような意味があることを知っていたからである。

一行はふたたび自動車に乗って保安官に先導されながら、五百米ほど埃のなかを進んだ。左手に赤い岩肌と灌木の茂った禿山《はげやま》が陽炎《かげろう》のなかに光っていた。

その禿山の下が丈たかい草の茂る野原になり、柵はここに作られているのだった。上半身を汗でしとどに光らせた印度農民たちが数十人かたまり、大きな杖《つえ》で先を削った棒を地面に叩《たた》きこんでいた。

ほとんど出来あがった三米ほどの柵《さく》は丈夫な蔓《つる》で結びあわせているのである。赤ん坊をだいた女、さきほど一行の自動車を見物にきた子供たちがその作業をじっと眺めていた。木下と運転手はモーターが火照らぬように車を入れる木蔭《こかげ》をさがし、車をその中に入れねばならなかった。それにこれ以上進ませれば車は丈たかい雑草のなかに入らねばならない。彼は他の日本人と同じように子供たちにとりかこまれながら森林保安官にこのあまりに悠長な方法で虎が狙えるのかと訊《たず》ねた。

虎《タンマ》はこの草のなかにいるとターバンをまいた森林保安官は大袈裟《おおげさ》に柵の前方にひろがる灰色の草むらを指さした。

木下がそれを通訳すると、今までしきりに不器用な手つきで写真機をいじっていた代議士たちを始めとして八ミリを眼にあてていた渋沢二等書記官も官補も不安そうにその草の海を眺めた。

「え、本当か、なんにも見えんじゃないか」

と代議士の一人が大声でいった。

本当にそうだった。烈しい熱気に押さえつけられたように草原はしずまりかえり風の音もきこえなかった。もし虎が動けば胴体の黒い彪《あや》はすぐ見える筈《はず》である。

「まだかね。こう暑うてはかなわんな。いつ始めるんか、あんた、聞いてくれんか」

木下が保安官にその言葉を伝えると、彼は肩をすくめて黄色い歯をみせた。

「日射病にかかられるといけませんな」と渋沢二等書記官はわびるように言った。

「木蔭の中で待たれたらいかがでしょう」

「のんびりしとる。全くのんびりしとる。戦争中マレーの司令官をやっとった男の話じゃ矢張り、連中、叱らなければ働かんそうだ」

一同が日蔭や車のなかに戻って煙草をのんだり、ジュースの罐をあけると、子供たちがまわりをとり囲んで騒ぎはじめる。

「うるさいな。満洲におった時がこの通りでしたよ。日本人とみると、すぐ何かをねだる連中ばかりで……」

「植民地根性はいつまでも植民地根性だよな」

木下は埃《ほこり》で白くなった眼鏡をふきながら戦争直後の日本人も同じだったのじゃないかとぼんやり考えた。彼は首をふると保安官のそばに近よって、これから行われる追い出し《ビート》の方法を訊ねた。

勢子《せこ》は柵まで虎を追いつめ次第にその包囲を小さくする。虎は柵の外側でも人間が騒ぐのでただ咆哮《ほうこう》するだけで身動きができなくなる。この時射手が柵の外側から虎を射《う》つのだと保安官は答える。

「どれが射手か」その木下の質問に保安官はまた爪に垢《あか》のたまった指で、たち働いている男たちの方向を示した。木下はそこに寝巻のように長いよごれたシャツを着た老人が旧式の銃を大事そうに両手でかかえ、地面にしゃがんでいるのに気がついた。

あの老人はむかし妻と子供を虎《タンマ》に殺されたのだと保安官は言う。頰のこけたこの老人の胸はシャツが風でひらくたび肋骨《ろっこつ》がうきあがっているのがはっきりわかる。保安官は草の端を嚙《か》みながらこの老人は妻と子供を虎に殺されてから皆の家から離れたところに小屋を作って孤りで住んでいる、だれともほとんど話をしないし、話をしたがらないのだと説明した。

突然、子供たちが大声をあげて叫びながら跳ねるように柵の方角に駆けていった。「始まるのか」森林保安官も頷《うなず》いてたちあがった。歓声が柵から起り、男たちも女たちも蟻のようにちらばって柵に手をかけた。代議士たちもカメラを手にもったまま不器用な恰好《かっこう》で走りだした。

だが草原は依然として静寂そのものだった。灰色の丈たかい叢《くさむら》のひろがりはまるで凪《な》いだ夕暮の入江のように動かなかった。陽の光がその茨《いばら》や叢にぎらぎらと光り、金属と金属とをすり合わせたような音が木下の背後でなりだした。

ふりかえると後で坂上官補が八ミリを眼にあててこの微動だにしない草原を写している。空は碧《あお》いというよりむしろ、どんよりと曇っていた。そしてその曇った空のなかにその縁が白い円板のような太陽が赫《かがや》いている。

やがて遠くで太鼓の鈍い音が響きはじめた。それはさきほど一行が部落に到着した時、きこえたものだったが、響きは次第に速度を早めていくようだった。

勢子たちは太鼓の音を早めることによって草原にひそんでいる虎の気をいらだたせ

るのであろう。

彼らの姿が前方五百米ほどのところにやっと見えはじめた。カーキ色のズボンをはいた勢子は若い射手を乗せたジープを中心に一列の横隊のまま時々、奇妙な声をあげて進んでくる。

「まったく足の長い連中ばかりだの」

代議士たちは双眼鏡を眼にあてながら大声で笑ったが実際勢子たちはまるで泥沼を歩いているように長い裸の足をあげたり抜いたりしていた。

けれども、まだ草原自身はぶきみに静まりかえっていた。虎は何処にいるのかもわからないのに、にぶい太鼓だけがいらだたしく鳴りひびくのである。木下は自分に時々体をぶっつけてくる汗まみれの農夫たちの肩の間からあの年とった射手をさがした。老人は相変らず痩《や》せた褐色の胸に黒い銃を押さえつけ、この動かぬ灰褐色の野をぼんやりと見ている。さっきまで曇っていた空に白い円板のように赫いていた太陽が草原の右端にある一本の大きな合歓《ねむ》の樹の上でじっと光っているのに木下は気がついて、なぜか昏暈《めまい》を感じ、右手で額の汗をぬぐった。

この時重い溜息《ためいき》とも吐息ともつかぬものが柵にしがみついている群集のあいだから起った。転んだ子供が突然火のついたように泣くのをその母親が叱りつける。彼等はやっと虎を見たのである。背のたかい草と草の間に黄褐色の胴体とその黒い彪とがまるで縞目《しまめ》模様のようにうつったと思うと獣の姿はすぐ消えた。

姿が消えるともう草原はふたたび烈しい熱気をその底にこめて静寂にもどった。印度人たちのあいだに鳥のわめくような騒ぎが拡がっていた。

だがこのふかい灰色の沼にも似た草のひろがりのなかに虎がひそんでいたことは今や明瞭《めいりょう》だった。これまで諦《あきら》めたようにバッグにしまいこんでいた八ミリや写真機を日本人たちはとりだして、レンズをいじりはじめた。

「見えるか」

「見えんな、何処にかくれとるのかわからんね」

「おい、見える、見えるぞ」

印度人たちの体臭をいやがって柵から少し遠ざかっていた代議士たちも、急いで男たちの体と体の間に身を入れて前方にのり出した。この時になると虎の動きはかなりはっきりと一同の眼に映るようになっていた。

太鼓をならしながら勢子たちは相変らず沼に膝《ひざ》まで入れたような不器用な足どりでこちらに進んでくる。双眼鏡を使わなくても彼等の眼や口やながい髭《ひげ》も見わけることができる。真中のジープから髪のひどく黒い若い青年が白い歯をみせてこちらに手をふっているのだ。二度、三度、泥のなかにもぐるように姿を消した虎が突然思いがけないほど身近な地点からあらわれたのはこの時だった。

柵の外側から驚きの声とも悲鳴ともつかぬ女の叫びが起ると、虎は不機嫌な顔をこちらにむけ、威嚇するように口を半ばあけひくい声で唸《うな》ったが、そのままゆっくり柵の内側に向って進んできた。女たちは男の背後にかくれ、男たちは身を引いて手にした竹槍《たけやり》を逆さに握りしめた。

木下は虎の顔にもその四肢にも恐怖の感情が少しもあらわれていないのを知った。その姿勢は美しかった。虎は自分の力と敏捷《びんしょう》さと智慧《ちえ》とを少しも疑っていないようにみえた。彼は時々、散発銃のようにひくい唸り声をあげながら背後と自分との距離をはかり、柵の外側の人間たちを脅しながら自分のとらねばならぬ行動をゆっくりと考えているようだった。

突然、ジープに乗っていた青年が急に声をあげ烈しく手をふった。停止の合図である。一列横隊の勢子は秩序正しく太鼓をおろし歩みをとめ、柵外の者たちは竹槍を持ったまま、虎の動きを窺《うかが》った。

虎は今、柵のなかに全く入りこんだのである。片脚をあげたまま彼は疑いぶかそうに、一瞬しずまりかえったこの空気を嗅《か》ぎわけていた。それから急に思いがけない方向に跳躍すると一直線に柵をめがけて走った。

この部分にかたまっていた男たちが喚声をあげて竹槍をつき出し、虎は体ごと柵にぶつかると、そのまま背後に素早く退いた。もう一度、彼は眼の前の障碍《しょうがい》に飛びあがる。しかし柵《さく》は彼の跳躍をゆるさぬほど高かった。

木下の心にこの時、二年前の夜、ひえきった褐色の曠野《こうや》で耳にしたあの孤独な咆哮がはっきりと甦《よみがえ》ってきた。

彼は、自分たちの眼前にある虎が射殺される悽惨《せいさん》な場面を期待しながらも一方ではこの窮地を処理してほしいという気持を消すことができなかった。

漸《ようや》く虎は今、自分がおかれた状態をはっきり理解したらしかった。身をひるがえした獣は体にぶつかる竹槍を片手で叩《たた》きながら柵を駆け登ろうと試みた。駆け登ろうとする毎に竹槍が彼の体や足を突き、人々は赤い血がその黄褐色の胴体に流れはじめたのを見た。

「いや、これはいい」

「来た甲斐《かい》がありましたな」

獣をいらだたせるため音頭のように声をあげる群集たちにまじって木下は渋沢二等書記官の嬉《うれ》しそうな高い声をきいた。もう柵外の人間は虎が射殺される瞬間を待てばよかったし、それまでの血なまぐさい楽しみを高みでゆっくり味わえる余裕もとり戻した。煙草をすう者もでてきたし、胸をひろげて赤ん坊に乳房をふくませる母親もいた。

すると、これまで静止していたジープがエンジンをかけ徐々に前進しはじめた。射殺の合図をあの髪の黒い、そして真白な歯をみせた印度の青年が手をふって示している。

木下は老人が胸にだきしめた古い銃を持ちあげるのを眺めながら、ああこれで終るのだなと思った。一種、虚脱感に似たものをおぼえながら彼はうしろをふりむいた。自分にほとんど尊敬にちかい気持を味わわせてくれたこの倨傲《きょごう》な獣が卑屈なぶざまな死にかたをする様子をなぜか見たくなかった。今までみた獣の死体にはいつもどこかみにくい暗い影のつきまとうのを彼は常々、感じていたのである。銃声がひびいた。それはカアーンという鉄棒を叩いたような音である。音はしばらくの間、余韻を伴いながらこのしずかな草原に小波《さざなみ》のように拡がっていった。

彼は背後に吐息とも溜息ともつかぬものを感じ、と同時に「逃げたぞ」という大きな叫びを傍らの代議士があげるのを耳にして、思わず、柵をふりかえった。

今、一直線に勢子《せこ》たちの方角に虎は走っていた。黒い彪《あや》は灰色の草のなかに一瞬かくれたと思うと、みごとなジャンプで、次の地点に跳躍し、もう草のなかに吸いこまれる。勢子たちが蟻のように走り逃げ、その中間の叢を、黄褐色の胴体が飛びこえていた。ジープから銃声がババンとひびくと土煙が次々とはねあがった。柵の外側で怒号と足ぶみが起り、人々は争って自分たちの作った柵を乗りこえて走った。木下の横でも男たちの裸の肩と肩とがぶつかり、彼も口髭をはやした黒色の髪の印度人に突きとばされた。

褐色の印度人と印度人の体の間に白いYシャツをきた代議士や渋沢二等書記官が狼《ろう》狽《ばい》してカメラをかかえている姿がまるで高速度撮影のようにうごいていた。

木下は倒れた柵の木に点々としている黒い血の痕《あと》を見た。それはさきほどここによじ登ろうとした虎が男たちに竹槍で突きさされた時、ながした血にちがいなかった。二、三人の男たちはあの老人の体を懸命になって押さえている。銃をとりあげられた老人はなにかを大声で怒鳴っている。それは木下の知っている印度アリアン語ではなく、この地方の俗語らしかった。

足をびっこのように引きずってきた森林保安官をつかまえると老人がなにを言っているのかと木下は訊《たず》ねた。保安官は声をひそめて老人は、傷ついた虎は兇暴《きょうぼう》になる、一度、血をながした虎は人食い虎になると叫んでいるのだと説明したが、この時人食い虎という言葉だけは英語で「マン・イータァ」とはっきり発音した。

木下は虎が柵の上に残した黒い血を指でぬぐってみた。血をながした虎は人食い虎になるという言葉が彼に不安を起させたのだった。

明日、代議士たちが国内線のインディアン・エア・ラインでニュー・デリイに戻り、ニュー・デリイから帰国するという日の昼、領事館で送別の小さなパーティがあった。

パーティは領事夫人が日本から運ばせた京人形や日本画が飾られた応接室で開かれたのだが、もっともこうした京人形や日本画が白檀《びゃくだん》の臭いのこもった北印度の家におかれているのは一種滑稽《こっけい》な感がしないでもない。

二つのボックスになったソファにはズボンの両脚を平気でひろげた代議士たちと篠原領事夫妻とがコップを手にして大声で笑っていた。

領事や代議士たちのコップに少しでも琥珀《こはく》色の液体が少くなると、渋沢二等書記官がそばにいる細君に眼で合図をする。すると彼女はあわてて卓子の上の瓶をとって、注いでまわるのだった。時々、ホステスの役になった領事夫人が、

「いいのよ、気をお使いにならなくっても」

と言ってくれるが、渋沢の細君はたえず夫の眼の色をうかがって指図を待っていた。故国から遠く離れた大使館や領事館では日本人の数が限られているから、上下の差は細君のあいだでもきびしく守られるものである。領事や大使の報告書はその下で働く部下の次の赴任地を決定するから、細君たちもおたがい必死だった。領事夫人に気に入られた妻を持つ夫は、いつか領事のお眼鏡にもかなうことになる。

今日のパーティには領事館関係以外にこの街に住む三人の日本人もよばれていた。彼等はそれぞれ東京や大阪で貿易商から出張を命ぜられた若い連中だった。

この連中は時々、領事と代議士たちとの席から大きな笑い声がひびくごとに、羨《うらや》ま

しそうな眼でそちらを眺め、だまってビールを飲んでいた。

「じゃ、印度で一番、お困りになったのはやはり禁酒令ですか」

「どこかドラッグ・ストアーみたいなもんがないかと思っても……アメリカじゃ何時でも酒が買えたから、あれが頭に残っとって……」

「一ヵ月以上、御滞在ならここで政府発行の飲酒許可証を申請してさしあげるのでしたが、なにしろ、ここのお役所は——御存知のように……」

「全く、まんまんでえだなあ。いや、これは中国語でのろのろと言うことだが」

領事はネビイ・カットを銀の箱に入れて、代議士たちにすすめた。

「おつぎいたしますわ」二等書記官の細君も急いで麦酒《ビール》の瓶を一人の代議士がさしだしたコップに傾けると、

「こちらさんが二等書記官の奥さんだね」

「ええ、気が大変おつきになる方でございましょう」

と領事夫人は少し皮肉な笑いを唇にうかべた。

木下はその間、ボーイのナラグ青年とテーブル・クロスの上にするめやピクルスや福神漬を入れた皿を並べていた。

日本にいれば見向きもしない福神漬やするめもこの北印度ではたまらなく懐しい、珍しい食べものだった。

「木下君、ぼくの机から」

領事はまるで使用人に命令するように、

「ウイスキーを持ってこさせてくれないか。もちろん氷や炭酸も一緒だ」

属官がうなずいて部屋を出ていったが、女たちも立ちあがって手伝おうとしない。ウイスキーを運んだり炭酸を用意したりするのは属官の仕事であって外交官コースを真直ぐ進む連中の細君にとってはあずかり知らぬことであるからだ。領事館のキッチンに行って木下はナラグ青年に氷とあたらしいハイボールのコップを用意するように命じた。その用意ができるまで彼はキッチンの壁に靠《もた》れてぼんやり領事館の庭を見た。庭には今日も、午後の暑さを思わせる眩《まぶ》しい陽光がゴムや火炎木の葉に照りつけていた。窓のところに、銀色と黒の縞目《しまめ》模様のある蜥蜴《とかげ》が脂ぎった体を光らせながらすべるように這《は》っていく。建物の日かげに今日も印度の少年が猫のように丸くなって眠っていた。

空をみあげると、陽の光が眼を刺す。木下はふとあの虎狩りの行われた草原の上に、野生の合歓《ねむ》の大木の葉を白く光らせて赫《かがや》いていた円板のような太陽を思いだした。この太陽はまるで彼の眼の裏に焼きつけられたようにチカチカと光りはじめた。

氷や炭酸の瓶を応接室に運ぶと彼はコップを代議士や領事に配って注いでまわった。

「おい、君も一杯、飲まんのか」

なにを思ったのかもう顔を赤くした小野代議士が木下の手に持ったホワイト・ラベルの瓶をひったくって自分のコップをさしだした。

「いや、この男は酒は駄目なのです」と領事が少し迷惑げに代議士と木下の顔を見くらべてとりなしてくれたが、

「まあ、ええじゃないか。少しぐらい」

小野代議士は執拗《しつよう》だった。

「この男はね、領事、俺のために印度の女の首飾りをもらってくれなかったからな、その罰だ」

木下はそう言えばあの日、この代議士が部落で彼に命じたことを思いだし、それをまだ憶《おぼ》えていたのかと驚いた。彼は眼をしばたたきながら不安そうに領事の顔を眺めたが、この時はもう篠原領事の長い顔はいつものように冷やかだった。

握られたコップに琥珀色の酒をつがれて、

「さあ」木下は眼をつぶって咽喉《のど》に焼けつくような液体を半分ほど胃袋に流しこんだ。

「なんだ。飲めるじゃないか」

「有難うございました」

まだ半分残っているコップを手にもったまま彼は扉のちかくまで戻った。隅のボックスから商社の若い三人の青年たちが、その彼をさげすむような眼つきで眺めていた

わ、急に視線をそらして小声でなにか話しはじめた。

木下は息ぐるしさを覚えた。飲みつけぬ強いウイスキーは思ったより早く体にまわったようである。右手にコップを握ったまま彼はハンカチで額と首をぬぐったが、眼《ま》ぶたの裏に突然、あの白い円板のような太陽がふたたびチカチカと光りはじめた。この時、彼はソファからひびく代議士や領事の笑い声や、領事夫人の高い声や、それらの間を給仕のように瓶をもって歩きまわっている二等書記官の細君や、白い背広をきた渋沢二等書記官の表情のかわりに、灰褐色の草原をみごとな跳躍で飛び、勢子《せこ》たちを追い払った虎の姿がはっきりと浮んだ。

それからまた、散発銃のようなひくい声をあげて、人間たちの視線に曝《さら》されながら、倨傲《きよごう》なまでの自信をみせてゆっくりと歩いていたその獣の足どりも甦《よみがえ》ってきた。太陽は合歓の樹に光り、夜は大地をひやし、死んだ廃墟《はいきよ》は月光のなかで甦る。彼が求めてきた印度はこの印度であって、今、自分の前にいる足をひろげた男たちや、高い声をだして笑う女たちの世界ではなかった。壁に日本から運んできた絵を飾り、硝子《ガラス》箱に入った京人形を飾っている世界ではなかった。彼は胸にこみあげてきた怒りに似たものを抑えながらコップを強く握りしめた。

しかしその黝《くろ》い感情はほとんど泣きたいほどの激情にかわり、掌《てのひら》の中に鈍い音がひびいて、コップはこわれた。

商社の青年たちが驚いてこちらを見る。領事夫人がソファからたち上って、「血。木下さん。血よ」木下は自分の指と指との間から糸のように血がながれるのをじっと見ていた。

「どうしたのよ。木下さん」

この血はあの日、人間の作った柵《さく》にあの獣が残していった黒い血を彼にはっきりと思いださせた。

（一度血をながした虎は……）

木下は皆があっけにとられている中を、そして皆が怖《おそ》ろしそうにじっと見つめている中を、あの虎のようにゆっくりと歩き扉から外に出ていった。印度の太陽が火炎木やゴムに溢《あふ》れるような光をなげ与えている外に……。

口笛を吹く男

去年は旅に出ることが多かった。旅に出て、何より楽しみなのは、夜、宿屋やホテルでマッサージ師を呼び、酒に少し酔った体をもんでもらうことである。体をもんでもらいながら土地の話、客の話をそれとなく尋ねるのは職業柄、なにか良い短編の種はないかというあさましい下心からである。

「はア。十人中、八人までは、いやらしかこと、するとですよ」

長崎のホテルで眼鏡をかけたおばさんが私の首を指圧しながら、そんなことを言った。

「だれに？　あんたに？」

私はどう見ても奇麗とはいえぬこのおばさんに手を出す客がいるのかと、少しびっくりして聞きかえした。

「わたしに、ですよ、ほんと、いやらしかね。それでもこのホテルに泊るような立派な紳士がそげんこと、するとです」

「ぼくは、しないよ」

小心な私はあわてて自分はそんな男ではないことを証明しようとする、と同時に他の客たちはこんな時にもなかなか頑張っているのだと羨《うらや》ましい気になり、我が身の不甲斐《ふがい》なさもちょっぴり情けなくなる。

「それで……いやらしいことって、どんなことをするの」

おばさんは微に入り細をうがって話してくれる。話を終ったところで、私のお尻《しり》をピシャリと叩《たた》き、

「はい、おしまい。九百円です」と言う。

次の話は熊本の旅館でやはり、女のマッサージ師から聞いた実話だ。そのマッサージ師は中年の色の白い女だった。自分の友だちの話だと言っていたが、あるいは彼女自身のことかも知れない。


熊本のひくい家なみの見える古ぼけたアパートにその女は住んでいた。借りた部屋は小さく、狭く、窓をあけると隣家のわびしい洗濯物が眼と鼻のさきにあった。町工場がすぐ近くで、そこから絶えず鉄板を叩く音がきこえてくる。

窓をあけるたびに女は阿蘇山《あそさん》の眺められる自分の田舎のことを思った。阿蘇はいつも卵色の煙を吐いていて、その山腹の牧場には馬が駆けていた。

女はマッサージをやっていたから、夜おそくまでホテルに出かけては何人かの客の体をもみ、町がひっそり寝しずまった頃、アパートに戻ってくるのである。戻ってくると、彼女は必ず二階を見あげた。そして自分の真暗な部屋の隣にまだ灯《あかり》のついた窓を見ると、何だかひとり身の寂しさが救われたような気になるのだった。灯のついたその窓には浪人二年の青年が住んでいた。青年は去年の熊本大学の試験に失敗してからここに移ってきて、もう半年以上になっているのだ。

女はなぜか隣室に住むこの青年のことが気になって仕方がない。彼女にもその年齢ぐらいの弟が一人いて、今、何処にいるのかわからない。わるい仲間とつきあって、ぐれたまま家を出ていったきり音沙汰《おとさた》がないのである。隣室の灯を見ると、その弟のことが急に心に甦ってくるのだ。

休みの日の夕暮など彼女が部屋にいると、うすい壁を通して、青年が口笛をふく音がきこえた。口笛はかすれ、弱々しく、お世辞にもうまいとは言えなかった。曲はその頃、はやっていた「クワイ河マーチ」だった。

陽が翳《かげ》った夕暮、そんな弱々しい口笛のクワイ河マーチを聞いていると、女は家を離れて浪人生活を送っているその青年の寂しさがじんと伝わってくるような気がした。その寂しさに彼女は弟のことを思い、自分自身の孤独を思い、それら三つを重ねあわせて、たまらない気持になるのだった。

ある日、女は旅館での仕事の帰り、寝しずまった路《みち》で焼芋屋の車を見つけた。二、三歩、行きすぎてから彼女はおそらくまだ灯の下で勉強をしているであろう隣室の青年のことを思いだした。新聞紙に包まれた焼芋は彼女の掌《てのひら》のなかで、夏の日の海の砂のようにあつかった。それをしっかりと抱いて、女はアパートに戻ると灯の洩《も》れている隣室の扉を叩いた。

痩《や》せこけて頬骨の出た青年が顔を出した。

「これを、食べて、頑張ってね」

と彼女は弟に言うように言うと、不審そうな顔している相手に古新聞の包みを押しつけ、逃げるように部屋に戻った。部屋のなかはいつもと同じように寒々とわびしかった。だがその寒々とわびしい部屋に坐《すわ》っていると、壁の向うからあのクワイ河マーチの口笛が跡切《とぎ》れ跡切《とぎ》れに、かすれて聞えてきた。青年は彼女が買ってやった焼芋を頬張りながら口笛を吹いているらしかった。

女は嬉《うれ》しそうに微笑んだ。たった三、四本の焼芋が彼女に言いようのない幸福感を与えたのである。

その日から彼女は時折、青年の部屋の扉を叩くようになった。顔色の悪い、不精髭《ひげ》をはやした彼はぶっきら棒に礼を言って、女のわたす果物や焼芋を受けとった。彼女にとってはそのぶっきら棒な礼の言い方も、不精髭のはえた顔も決して悪い気がしなかった。家を出た弟が、いつもそれとそっくりだったからだ。

「頑張って、合格してくださいね」

と女はそのたびごとに言った。そのうちに青年が受験に合格するか、しないかが彼女には他人事《ひとごと》でないような気がしてきた。

冬がきた。正月が終った。熊本の街でも朝早く、霜柱のたつ日がある。吐く息が白く口から洩れる時もある。夜ふけ、マッサージを終えてアパートに戻る路で耳が痛いように冷たい場合もあった。

熊大の試験が迫るにつれ、隣室の窓の灯はいつまでも消えなくなった。夜なかなど、ふと眼をさますと、青年の咳《せき》こむ声が聞えて、女は風邪でも引いたのじゃないかと心配になった。本当の弟ならば熱い葛湯《くずゆ》でもつくってやれるのにと口惜しく思いながら布団を顎《あご》まで引きあげるのである。

そして——遂《つい》に試験の日がやってきた。三日間の試験が終った夕暮、女は久しぶりに隣室からクワイ河マーチの口笛を耳にした。いつものように下手糞《くそ》な跡切れ跡切れの口笛だったが、何か重荷をおろしたような感情がその曲にまじっていた。

(試験、うまくいったんだわ)

彼女は編物の手をやめて、しばらくその口笛に耳を傾けていた。

半月後、青年は彼女の知らぬうちにアパートを引越していた。焼芋や林檎《りんご》の差し入れにも一言の礼も言わず、姿を消してしまったのだ。

「また熊大に落第ばしよったから、おばさん、ぼくは家にも戻れんと、そげん言うてね、トラックと一緒に出ていきよりましたよ」

長崎から来たというアパート管理人のおばさんはそう彼女に説明をした。

一年たち、二年たった。女は病身の母の体が思わしくないのと、故郷の叔父《おじ》が縁談をしきりと奨《すす》めるので、熊本を去ろうかと迷っていた。縁談の相手というのは妻に死に別れて二人の子供をかかえた中年の男である。そんな家族を引きうけて自らも幸福になれるのかどうか、女には自信がない。しかし人生とはどう変っても、そう倖《しあわ》せなものではないという気持が彼女の心の何処かに動いている。考えた末、彼女は叔父に、宜《よろ》しくお願いしますと書いた手紙を送った。

手紙を送った翌日、福岡でハイジャックの事件が起った。四人の青年が旅客機を乗っ取って北鮮に逃亡したというあの事件である。ホテルでも旅館でもテレビをつけっ放しで、客たちはその話に熱中していた。だが女には、そんな事件は遠い国の出来事と同じように興味はなかった。ただ怖《おそ》ろしか、という気持が一寸《ちよつと》するだけだった。

新聞にそのハイジャック事件の青年たちの写真が載った。それを見た時、女はアッと声をたてた。印刷のよごれたその四人の写真のなかに、あの隣室の口笛を吹いていた青年の顔があったからだ。あの時と同じように彼の頰は痩せこけて、不精髭がはえているように見えた。

北鮮に逃亡してからの彼等の運命はどうなったのかよくわからない、女はできるだけ新聞や週刊誌を気をつけて見ていたが、確かなニュースは誰も知らないらしかった。一説によると彼等はまだ北鮮に抑留されているとも言う。

女は高い灰色の塀をなぜか心に思いうかべた。その高い灰色の塀のなかにバラック建ちの抑留所があって、あの青年がそのなかにいるような想像をしたからである。夕暮になると、青年が小さな窓から、木のない朝鮮の禿山《はげやま》を見ながら、口笛を吹いているような気がする。彼女が昔、壁ごしによく聞いた、あの跡切れ跡切れの、弱々しいクワイ河マーチを……。

娘はどこに

近頃はホテルのマッサージ代も馬鹿にならない。つい、この間までは一時間、九百円だったのが一ヵ月ほど前から千二百円になった。何でも改装した帝国ホテルのマッサージ部がそんな料金をきめたので都内のホテルでもこれにならったのだそうだ。

だが坪井のように一日、このホテルで筆を動かしている男は夕暮になると肩も右手も棒のようになってしまう。演出家はあと二日でこのテレビ・ドラマの初稿をしあげてくれと言うのだ。まるで坪井が打出《うちで》の小槌《こづち》をもっていて自由自在にテレビ・ドラマを吐き出せると思っているようだ。

大きな懐中時計を机の上において坪井はやけ糞《くそ》に万年筆を走らせた。その間は馬車馬のように見むきもしない。懐中時計が一時間を経過するたびに、今、書いた部分を読みかえしてみる。それからまた一時間、せっせと書きつづける。

こうでもしないと、明後日までに百二、三十枚のテレビ・ドラマをしあげることは出来そうになかった。夕暮になると、肩がはり、頭も鈍くなってきた。

酒を飲むわけにはいかない。坪井はたちあがって受話器をとり、マッサージをたのんだ。

マッサージの女が来る間、彼は椅子にぼんやり腰をおろしたまま、壁を見つめていた。ここのホテルは建った時は随分、その大きさと設備で評判になったものだが、十年もたった今、壁紙も何だか、うす汚れているように見える。

電気をつけていないので部屋のなかは夕暮の影がもう隅々に忍びこんでいた。こういう夕暮の一刻《ひととき》は坪井になぜか少年時代の寂しさを思いださせる。揺り籠《かご》でゆさぶられるように思い出に浸っていた坪井は、この時壁ごしに、すすり泣きの声を聞いた。

女の声ではない。男の声である。このホテルには妙に壁の薄い部屋があって、そんな部屋で仕事をしている夜半など、隣室の情事の声がなまなましいほど聞えてこちらを閉口させることがあったが——今、彼が耳にしているのはそんな女の声ではなかった。嗚咽《おえつ》しているような男の……声だった。

「男が、隣で泣いていたよ」

十分後、マッサージの女性が彼の肩をもみはじめた時、うつ伏せになった坪井はそう話しかけた。

「いやなもんだね。夕暮に、大の男の泣き声を聞くのは……」

「隣の部屋ですか」

「そうだ」

「どっち側の」

「こちらのほうだよ」

彼が指で一方の壁を示すと、肥《ふと》ったその女マッサージ師は、

「あら」

と言って黙った。

「どうか……したのか」

「いいえ。昨夜、その部屋に行ったもんですから。外人さんですよ。お隣のお客さんは」

「男か」

「ええ。シングルの部屋で男一人。くたびれたような外人の男ですよ。万国博を見物に来たんだと言ってましたけど、そんなに金持とも見えなかったわねえ。日本語も」

マッサージ師はまるで重大な秘密でもうちあけるように、

「日本語もほんの少し、しゃべれるんですよ」

「バイヤーかね」

「なんでも昔、兵隊の時、日本に来たことがあるなんて言ってました」

彼は体をもまれながら、そんなマッサージ師の無駄口よりは、その万博を見物に来

たという外人がなぜ夕暮、すすり泣いているのだろうと思った。故郷から悪い知らせでも来たのだろうか。それとも女にでも捨てられたのだろうか。

マッサージ師が引きあげたあと、彼は少し眠り、それから部屋にサンドイッチと濃い珈琲《コーヒー》を運ばせて仕事をつづけた。

翌日の夜、考えていた以上に早く、初稿を書き終えた坪井は電話をいれてディレクターの坂上に報告した。

「御苦労さん」

坂上は彼をねぎらって、

「すぐ読ませてもらうよ」

「じゃあ、ホテルのバーで待っているけど」

「いいよ。ただね、一時間ほど野暮用があって……組合のこと。そうさ。佐伯さんが離さないんだ。だから八時頃、行くよ」

と坂上は言った。

電話を切ったあと、坂上がくるまで所在ないので彼はエレベータに乗って、ロビーの奥にあるホテルのバーに水割を飲みに行った。

バーの客はほとんどが外人たちか、女をつれた日本人の中年男である。坪井はソファはさけて、バーテンを相手にコップの中の氷の音を聞いていた。

仕事を終えたあとの一杯は心地よかった。咽喉《のど》にながれこむウイスキーが少しずつ手足を痺《しび》れさせ、頭の疲労をいやしてくれる。

ぼんやりした彼の眼に左の椅子に腰かけた客の手がうつった。栗色の毛のはえた外人の手だ。このホテルの部屋鍵《かぎ》をもっている。部屋鍵の番号は一〇三六となっている。

思わず、坪井は顔をあげた。

（俺の部屋は一〇三五だし……）

昨日の夕暮、壁ごしに嗚咽の声を聞いた隣室は一〇三六号室である。

坪井はその鍵を握った外人に眼をむけた。

くたびれた洋服を着て、くたびれた顔だちの外人である。GI刈りをした頭に白髪さえまじっている。マッサージの女性が、風采《ふうさい》のあがらぬ外人と言っていたのを思いだして坪井は苦笑した。

その外人はひとりでウイスキーを飲んでいた。飲みながら、このバーの隅でピアノを弾いている若い日本人をぼんやりと見つめている。横顔になにか寂しげな影がある。万国博を見に来たそうだが、連れもなく一人ぽっちで来たのだろうか。女房もない独身者なのだろうか。

坪井は少しずつ好奇心をそそられる。その視線を感じたのか、外人は横顔を急にこちらにむけて、気の弱そうな微笑をうかべた。

「こんにちは」

と彼は言った。

「こんにちは」

と坪井も応じた。それが二人の会話の切掛《きっか》けとなった。

万博は面白かったかと坪井がたずねた。外人は肩をすぼめて、くたびれたと言った。暑かったろうと坪井がきくと、ひどく暑かったと答え、それから会話が跡切《とぎ》れた。

「一人で日本に来たのですか」

「イエス」

「日本は、始めてですか」

相手はコップを唇にあてて寂しげにふった。

「むかし……」

日本語と英語とをまじえて、

「二十五年前……」

「その時、私は十歳でした。あなたは兵隊で来たのですか」

「イエス」

坪井のまぶたの裏にまだ戦争で焼けた痕《あと》のいっぱい残っている東京の風景とジープに乗った占領軍の兵隊の姿がうかんだ。

「日本は変ったでしょう」

外人はうなずいた。

「ぼくはあなたの隣の部屋ですよ」

坪井は自分の部屋鍵をだして彼に見せると、はじめて今まで遠慮していたようなこの男の眼に親しみの光がうかんだ。

「坪井というんです、シナリオ・ライター。わかる？　シナリオ・ライター」

自分の鼻を指さしてそう説明する。

「アンド・ユー。ユア・ネイム」

「ダン・ヒルトン」

男は恥ずかしそうに名をなのり、それから氷の音をたててウイスキーを口にふくんだ。

もうそろそろディレクターの坂上が来ても良さそうだった。坪井も次第にあまり面白くもないこの外人と一緒にいるのに飽きてきた。三杯目のお代りを注文しながら、彼はしきりにバーの入口の方に眼をやった。

この時、ダンが上衣のポケットから一枚の写真をとり出した。古ぼけた写真である。その写真に三歳ぐらいの少女の顔がうつっていた。

「誰《フウ》？」

坪井はその写真を手にとって、ただ愛想だけにたずねた。

「誰《フウ》？」

ダン・ヒルトンはしばらく黙っていた。それから決心したように、

「私の娘《マイ・ドウター》」

と呟《つぶや》いた。

「へえー」
ディレクターの坂上は坪井から話をきくと視線を向うで背中をこちらに見せている
ダンにやりながら、
「それで、その娘を探しに日本に来ていると言うわけか。虫のいい話だな」
「どうして」
「当り前じゃないの。戦後、日本に兵隊として来て日本人の女に子供を生ませ、その
後は知らぬ顔で放ったらかしておいて、今頃ノコノコと探しに来るなんて……娘のほ
うで会うのは嫌がるだろうぜ。身勝手な父親だと言ってさ」
「それはそうだが……当人もそのことで苦しんできたらしいんだ。自分はやっと貯金
して日本に来れるようになったと言っていたよ。何とか、してやりたいね」
坪井は坂上が馬鹿にしたような眼つきで見るのを承知しながら、そう言った。

「夕暮、部屋で泣いている声を聞くと、一寸《ちよつと》、可哀相になってな」

しかし相手はとり合わず、坪井の書きあげた初稿に眼を通している。

(仕事だけだよ。こいつの頭は)

彼は一方では出世以外には目もくれぬ坂上に羨望《せんぼう》に似た気持を感じながら、人情とか感傷をすべて軽蔑《けいべつ》しようとするこの男をゆさぶって見たい気持になる。

「モーニング・ワイドショウに出して見る気はないかね」

膝《ひざ》にのせた原稿から顔をあげて坂上はこちらを始めて注目した。

「君んところのモーニング・ワイドショウに御対面といったような番組があるだろう。あれに彼と娘とを突然、会わせるシーンを作ったらどうだろう。これは話題になると思うけれどもな」

坂上はふたたび原稿用紙をめくりはじめたが、彼が何かを考えこんでいることは確かだった。

「娘のほうは感激して泣くかもしれん。あるいは怒って自分を長い間、見すてた父親を罵《ののし》るかもしれん。だが、いずれにしろ劇的な場面になるな」

急に坂上がたちあがって、

「いや、そんな手はふるい」

と呟いた。

「そんなのより、三十分のルポがいい。『二十年前の兵士』という題でルポをやるほうがいいね。あの男が娘を探してたずねまわるのをカメラがずっと追いかける。見つかるか、見つからないか、サスペンスに持っていく。そして娘が見つかる。お前、その台本を書いてみるか」

坪井は少し驚きながら相手の顔を見あげた。自分が思いつきで提案したことを素早く転換させて企画をたてるこの男の頭の早さにつくづくと感心しながら、

「なら、書いてもいいよ」

「よし、そんなら俺、今夜か、明日でも部長に相談をしてみる」

「しかし、当人に聞かなくちゃ、ならないだろ」

彼はまだ、遠くのスタンドに腰かけているダンのほうを顎《あご》で示した。

「引きうけるだろ。一人で探すより、テレビ局が力を貸したほうが楽だもんな」

坪井をそこに残して坂上はもう、そのダンに向って歩きだしていた。

びっくりしたようにダンが坂上に顔をふりむける。二人してこちらを見ている。名刺をわたしながら坂上が説明している。

「きまったよ」

やがて意気揚々として坂上がこちらに戻ってきた。

「台本は本当に引きうけるな」

ルポというのは実際のことをそのまま映すと思ったら大間違いである。それが上映されるためには演出をするディレクターがあり、演出者がいる以上は、ちゃんと台本が用意されているのだ。

翌日坪井と坂上は通訳に山内という英文出身の男を連れ、ダンをたずねて今日までのあらましを聞くことにした。

山内はダンとしばらく話していたが、

「彼、滞在費が尽きたから帰国寸前だったそうですよ。それを延ばす以上、何とかして金を作らねばならぬと言っていますが……」

と言った。

「そんなもの、局が出すと言ってやれ。気の弱い外人だな。このダンは」

山内からこのことを聞くとダンは感謝のあまり坂上の手を握って離さなかった。

「で、二十年前、あんたは日本の何処にいたのです。兵種は？　部隊は？」

坂上の矢つぎ早の質問にダンは少しおろおろしながら答える。まるで刑事が泥棒を訊問《じんもん》しているようだなと坪井は苦笑して、ノートにその答えを書きつけた。

昭和二十四年、ダンは神奈川県厚木《あつぎ》の進駐軍兵士として日本にいた。そして厚木に近い町田町《まちだまち》の酒場で働いている田川ケイ子という女と知りあった。

「二人は恋人同士だったんですね」

ダンはその質問にうなずいたが、坪井はノートに、「ケイ子をオンリーとする」と書いた。オンリーとは当時の進駐軍兵士の情婦たちの呼名だった。

二十五年六月、朝鮮事変、突発。ダンも厚木の部隊の一員として韓国に向った。京《けい》城《じょう》にいた時、ケイ子から手紙が来て赤ん坊を出産したことを知った。

二十六年、一度は鮮満国境まで進出した米国軍は突然、国境の向うから雪崩のように押し寄せてきた中国軍の攻撃に潰走《かいそう》したが、その潰走する米軍のなかにダンもまじっていた。やがて、平壌《ピョンヤン》附近の激戦で彼は負傷し、ヘリコプターで釜山《プサン》の病院に送られたが、ケイ子からの音信はこの頃、全く途絶えていた。

「それから」

それから彼は九州福岡の米軍病院に入った。福岡に戻ると恋人に会いたくて矢も楯《たて》もたまらず病院を無許可で出て、汽車に乗り、町田に向ったが、昔の酒場にはケイ子の姿はなく、その行方もわからなかった。彼はそこのママにたのんで、ケイ子の住所がわかり次第、福岡に連絡してくれと懸命に頼んだ。

翌年、恋人の消息もないまま、米国カリフォルニアに仕方なく復員した。自宅はガソリンスタンドをやっていて両親の他に妹がいる。

酒場のママ宛に手紙を三、四度、書いたが返事はなかった。だが最後の手紙にたいして、ママの代理人と称する人から日本語の手紙と娘の写真が入れられてきた。手紙にはケイ子と赤ん坊は田舎に帰り、この写真は酒場時代のケイ子の友だちが持っていたものだとそれしか書いてなかった。

そうした話をダンは一時間ぐらいかかって、ゆっくりとしゃべった。

「雲をつかむような話だなあ」

ノートをとじて坪井は溜息《ためいき》をついたが、坂上は首をふって、

「いや、そこまでわかれば簡単だ」

と自信ありげに答えた。彼の意見によればモーニング・ワイドショウの御対面では、これよりもっと漠然とした手がかりから、求める相手を探しあてたことは幾度もあるというのだった。

「もし、探せなかったら、どうする」

「その時は……作るさ」

坂上は事もなげに答えた。

二日後ダンを真中にして車で町田に向った坂上や坪井たちは始めから思いがけぬ障《しょう》碍《がい》にぶつかった。それは町田の町は今や二十万の人口をもった都下の衛星都市にふくれあがっていたからである。二十年ぶりにここを訪れたダンには、ここが小田急《おだきゅう》の駅

だと教えて記憶をたどらせようとしても、かつて歩いた路《みち》が今はデパートの三つもある商店街に変っているので、ただ、もう戸惑うばかりだった。

「バーの名は何と言ったっけ」

坪井はノートをひろげて、それがスワンソンという名だと知ると、その商店のあちこちに飛びこんでスワンソンの名を連発した。

「我々も近頃、ここに来たもんだからなあ」

商店の主人たちはたいてい、そう答えて首をふった。やっと昔からここに住んでいたという老人をつかまえたが、

「さあ、その頃、そんなアメ公相手の飲屋や酒場は、うじゃうじゃあって」

と言うだけだった。その間、とも角、十六ミリカメラだけは、執拗《しつよう》に困惑し首をひねっているダンの表情を追いかけていた。

「ここじゃないのか、ダン」

坂上はいらだたしそうにたずねると、ダンはそのたび毎に肩をすくめた。

坪井の台本は急に変更されて、その代り、警察や市役所をたずねまわるダンの哀しげな姿が撮影された。次第に娘を見失っていくこの米国人の姿には自分の過去の罪をつぐなえぬ中年男の孤独があった。ルポルタージュはその意味では成功していないわけではなかった。

「惜しいなあ」

坪井も思わず慾《よく》を出して坂上に言った。

「ここまで、うまく撮れているなら、娘とダンとの再会の場面がほしいねえ」

町田市に「たんぼ」という一角があって、そこが昔、進駐軍の兵士相手の怪しげなバーや飲屋が並んでいたという。今でもそこには何軒かのスタンド・バーが並んでいたが、その一軒一軒をたずねまわっても、スワンソンと田川ケイ子の名を憶《おぼ》えている女はいなかった。

その夜、しょんぼりしているダンをホテルに送りとどけて、局に戻ったスタッフたちで結果をどうするか相談をした。

「遂《つい》に娘が見つからずに日本を去っていくダンをうつすのも悪くないと思いますがね」

とアシスタント・ディレクターの一人が言うと、

「いかんよ。それじゃ、センチな甘い終り方になるじゃないか」

坂上は首をふって、

「その娘をどうしても見つけなくちゃ」

と呟《つぶや》いた。

「しかしケイ子という名だって本名かどうか、わからないよ。当時のパンパンが本名で働いていたとは思えないしね」

少し意地悪な気持で坪井がそう言うと白けた空気がこの小さな部屋に流れた。

「もし、どうしても探せない場合、作ったらどうだろう」

坂上はたまりかねたように、

「ダンには内緒で、フーテンの女の子を娘にしたてたら、どうだろう」

「残酷だな、それは」

「いや、もちろん、八方、手を尽して探すさ。しかし探しても駄目な時、彼をみじめな気持で帰国さすほうが、もっと残酷かもしれないぜ。それより娘が元気で日本に生きているとウソでも教えてやるほうが人情じゃないか」

坂上の言うことが半分は詭弁《きべん》であることはみんなわかっていた。わかってはいたがダンと娘との感激的な再会というほうがこのルポの成功になることを考えると、その詭弁はみなの心をゆさぶった。

「考えようによってはそうだな」

ひとりが呟くと、スタッフたちは、

「そうするか」

煙草の煙で濁ったこの部屋から早く出たい一心でそう決ってしまった。

それでも町田の市役所や警察署にも毎日のようにアシスタント・ディレクターが日参した。日参しても当時の記録でスワンソンという酒場の名が見つからぬことがわかると坂上の提案はもう、やむをえぬ最後の方法になった。

「そんな混血児は六本木《ろっぽんぎ》や横浜《よこはま》の伊勢佐木町《いせざきちょう》に行けばうろうろいるさ」

坂上はそれを待っていたように昂然《こうぜん》とそう言った。

「俺にも一寸《ちょっと》したコネがあるしな」

その彼につれられて坪井は六本木の横丁にある何軒かのスナックを歩いた。

「ミミは来てるかい」

「もう、来る時間ですよ」

バーテンはコップをみがきながら、そう答えた。

ミミがあらわれたのは十二時、少し前だった。髪の長い、眼の大きな子だった。外人の血がまじっているのはその皮膚の色と鼻の形でわかった。

「助けてくれよ。ミミ」

事情を話すと、坂上は大袈裟《おおげさ》に手を合わせた。

「でも、ばれたら困るわ」

「ばれるものか。向うは三歳の時の娘の写真しか持ってないんだ。君だって両親が行方不明だったんだろう」

「冗談じゃないわ。ママはいるわよ、言っておきますけど、ママはそんな女じゃなかったのよ」

「わかってる、わかってる、もちろん出演料ははずむからさ」

「どのくらい、くれる」

話がまとまってスナックを出た時、坂上は唾《つば》を吐きながら言った。

「あれで……誰とでも寝るんだぜ。一度、あいつを石鹸《せっけん》のCMに使った広告会社の男が、病気をうつされてるんだ」

場面をより劇的にするために再会の場面はやはりモーニング・ワイドショウの「御対面」を使うことにした。局ではそれも坂上の提案になってしまったが、坪井は最初にあれを口にしたのは自分だったのにと少し不愉快な気がした。

当日、生れてはじめてテレビに出るダンは控室で子供のようにおどおどとしていた。掌《てのひら》に汗をかくのか、しきりにハンカチで手をぬぐっている。

そのダンには「御対面」のことは言っていなかった。ただ娘をさがすかつての米国兵という形でテレビに出てもらうのだと教えておいた。

スタジオでは今日の出来事や軽音楽を次々とやったあと、村田アナウンサーがダンに色々と質問することになっていた。

「大丈夫。元気を出して」

通訳の山内がダンの肩を押すようにしてスタジオに入れた。

「みなさん、今日は戦争の一つの傷を——ある形でお見せしたいと思います」

小柄な村田アナウンサーが台本を手に持ったまま歯切れのいい声で言った。

「このダンさんは戦後まもなく、占領軍の兵士として日本に来られ、日本の女性との間にお子さんを作られました。

その後、ダンさんは朝鮮の戦争で負傷されたため、お子さんとも離れ離れになっていたのですが……」

スタジオに集っていた主婦たちの席がしずまりかえった。効果満点だった。

「それでダンさん。何年、そのお子さんと会われなかったのですか」

「それでダンさん、お子さんについては一枚の写真しか手がかりがないわけですね」

次々と質問があびせられ、当のダンはおどおどとして答えた。主婦たちはその態度に次第に同情を持ちはじめたようだった。

「ダンさん、会いたいでしょうね」

村田アナウンサーがそう言うと、ダンは眼を指でふきながら、

「会いたい」

と泪《なみだ》声でつぶやいた。

「それではダンさん。この娘さんは——」

音楽がなった。そして衝立《ついたて》のかげからミミが少し恥ずかしそうにあらわれた。

ダンは仰天してミミを見つめていた。

ミミは何も言わず、恥ずかしそうに立っていた。

「あなたの探しているお嬢さんです」

アナウンサーが力強い声で言うと、主婦たちの席から拍手が起った。ハンカチで眼をふいている人もいた。

坪井はうつむきながら後味の悪さを感じた。この作られた人情劇の責任を自分も背負っているのが辛《つら》かった。

控え所に戻ったダンはミミをだきしめ、その頬や首に唇をつけて離さなかった。父親が二十年ぶりに会った娘に愛情を示しているのだと思うと、誰も文句が言えない。

ミミは困ったようにスタッフを見るが、今更、嘘だとダンに言えず、するがままにさせた。

ダンは坂上や山内の手を握り、幾度も幾度も礼を言った。それから早口の英語でミミに何かを叫んだ。

「何て言ってんのよ」

「困ったな」

山内は皆を見まわした。

「一緒に米国に戻ろうと、言ってるんですよ」

「イヤよ。あたし」

ミミはびっくりして首をふった。

「見知らぬ外人の家に入れられるなんて閉口だわ、何とかしてよ」

「ミミは日本で仕事をもっているのだ」

坂上があわててダンに説明した。そういうやりとりの間もさっきのテレビを見たという視聴者から矢つぎ早に電話がかかってきた。すばらしい対面だったとか、泣けてたまらなかったという感想を純情な女の視聴者たちが知らせてきているのである。

「ダンはそれならせめて今夜、娘と一緒にホテルに泊ってくれと言ってますよ」

山内がダンの言葉をさらに通訳すると、

「仕方ねえな」

「ミミ泊ってやれよ。どうせ自分の娘と信じているんだから、あんたに何もしないさ」

スタッフたちはやむをえずミミの説得にかかった。

「そんなの、話にないわよ」

「そりゃそうだけどさ」

「泊るなら泊るで、このギャラじゃイヤだわ」

「金は出すよ。どこまでチャッカリしてるんだろ」

坂上は舌うちをした。

ミミが承諾したのでダンは大悦びで彼女をつれて局が出した車にのりこんだ。

後味の悪さは坪井の心にいつまでもつきまとった。

いかに劇的効果を出すためとはいえ、わざわざ日本に自分の娘を探しにきた一人の男に、ニセのフーテンをあてがって、だましたことは彼の心をくるしめた。

(俺はもう坂上と仕事をしたくない)

アパートに戻るとウイスキーを出して、この不快感を酔いで忘れようとした。

夕暮になるとアパートを出て新宿《しんじゅく》に出かけた。路《みち》を歩く若い男女のなかにはミミや坂上のようにすべてに無責任な顔をした奴が沢山いた。

寿司屋で飲み、バーをまわり、アパートにもどって、前後不覚でベッドに倒れてしまった。

翌日の昼すぎ、枕元の電話がやかましく鳴った。おぼつかぬ手で受話器を耳にあてると坂上の怒った声が聞えた。

「だまされたんだ、俺たちは」

「だまされた？　だれに？」

「ダンだ。あいつの話は出鱈目《でたらめ》さ。あいつ日本に来て旅費もなくなったもんだから、あんな芝居をあちこちでやって、日本人から金をだましとっていたのさ。今日、視聴者の一人から連絡があって、大阪で同じ手口で同情金をあちこちから取ってトンズラしていたことがわかったのさ」

「トンズラ」

「そうだよ。兵隊で来たことも、娘がいることもみな嘘さ」

「それじゃミミは……」

「ミミは同じ部屋で一緒に寝て……」

それから坂上は口惜しそうに言った。

「ダンから……やられたよ。娘きどりで油断していたところを暴行されたそうだ。どうしてくれると局にねじこんできて」

「それでダンはどうしたんだ」

「どこかへ逃げちゃった。こっちも弱味があるから警察にも訴えられない……」

受話器を切ったあと、坪井はひくい声で笑った。ひくい声はやがて大声にかわり、ベッドに倒れたまま彼はいつまでも笑いつづけた。

解説

日下《くさか》三蔵《さんぞう》（ミステリ評論家）

遠藤周作《えんどうしゅうさく》の代表作としては、芥川賞を受賞した「白い人」（55年）を筆頭に、『海と毒薬』（58年）、『沈黙』（66年）、『イエスの生涯』（73年）、『キリストの誕生』（78年）、『侍』（80年）、『深い河』（93年）などが挙げられることが多く、キリスト教に材を採った重厚な作品のイメージが強い。『沈黙』が二〇一六年にアメリカで「沈黙―サイレンス―」として映画化されたのも記憶に新しいところだろう。

一方で、早くから「オール讀物」「小説現代」などの中間小説誌にも執筆し、『おバカさん』（59年）、『ヘチマくん』（61年）、『どっこいショ』（67年）などのユーモア小説も数多く手がけた。狐狸庵《こりあん》先生ものと呼ばれるユーモラスなエッセイやテレビ出演も多く、遠藤周作をユーモア作家として記憶している人もいるはずである。

したがって、『怪奇小説集　共犯者』と題された本書を手にして、驚いている読者もいるかもしれないが、ミステリ、ホラー、サスペンスは、著者の早くからの得意分野のひとつなのだ。一九五七（昭和三十二）年には、江戸川乱歩《えどがわらんぽ》が編集長を務める探偵小説誌「宝石」に推理短篇「影なき男」（後に「鉛色の朝」と改題）を発表している。この年に同誌の責任編集を引き受けた江戸川乱歩は、ジャンル外の既成作家でミステリの好きそうな人に熱心に原稿を依頼して、曽野綾子《そのあやこ》、三浦朱門《みうらしゅもん》、吉行淳之介《よしゆきじゅんのすけ》、中《なか》村真一郎《むらしんいちろう》、火野葦平《ひのあしへい》、村上元三《むらかみげんぞう》、石原慎太郎《いしはらしんたろう》、邱永漢《きゅうえいかん》といった人たちにミステリを書かせている。中には乱歩の勧めで筆を執った探偵小説で直木賞を受賞した戸板康二《といたやすじ》や、完全に推理小説が活動の中心となってしまった菊村到《きくむらいたる》のような例もある。遠藤周作もまた、その一人であった。

著者のミステリ第一作「影なき男」に乱歩が添えたルーブリック（紹介文）「現代浮世物語」が面白いので、ご紹介しておこう。

遠藤周作さんが昭和三十年上期の第三十三回芥川賞作家であること、入賞作は日本作家としては異色の西欧精神を取扱った「白い人」であったこと、この作とそれにつづく諸作が、ごうごうたる論争の的となったことなど、周知の通りである。

遠藤さんとは「影の会」で一度お目にかかったばかりで、この原稿の依頼にはお邪魔していない。お前が来なくても書くからということで、谷井編集長だけがお邪魔したが、約束の期日にちゃんと書いて下さった。しかも、これはなかなかにあじわい深い物語である。

現代浮世物語――憂き世物語である。気の弱い善人にとって、この世がいかに住みにくいかが、ユーモラスに、しかし、しみじみと語られている。多くの善人が身につまされる物語である。

或る日、戦慄すべき事件が突発する。旧悪の暴露。永年びくびくしていたものが、ついにやって来た。忘れたころにやってきた。善人にとって、いのちの瀬戸際である。彼はいかに蒼白となり、いかに苦悶し、いかにこれと戦ったか。しかし、この物語には西鶴ふうの落ちがある。救いがある。善人はほっと安堵するけれども、だが、またしても、彼の前には、あの日常的憂き世が、果てしもなく続くのである。（R）

五九年には「週刊新潮」に「周作恐怖譚」と題してホラー短篇を連載。このシリーズを中心とした作品集『蜘蛛――周作恐怖譚』（59年11月／新潮社）は、国産ホラー小説の中でもトップクラスのクオリティを持つ名短篇集であった。

新潮社版の『蜘蛛』に四篇を増補したのが七〇年二月に講談社から刊行された『遠藤周作怪奇小説集』で、この本は七一年五月に講談社の新書判叢書《ロマン・ブックス》に収録され、七三年十一月に講談社文庫に収められた際に、シンプルに『怪奇小説集』と改題された。こちらも本書と同時に角川文庫から新装版（『怪奇小説集　蜘蛛』）が刊行されているので、お読みでない方は、ぜひ併せて手に取っていただきたい。前述の「鉛色の朝」も収録されている。
七七年九月に講談社文庫から刊行されたのが、『怪奇小説集』の姉妹篇であり、本書の元版でもある『第二怪奇小説集』である。収録作品の初出は、以下の通り。

ジャニーヌ殺害事件　「オール讀物」59年2月号
共犯者　「オール讀物」61年10月号
幻の女　「小説宝石」71年8月号
偽作　「オール讀物」60年8月号
憑かれた人　「小説現代」65年11月号
蟻の穴　「別冊文藝春秋」71年9月号
人食い虎　「別冊文藝春秋」60年9月号
口笛を吹く男　「週刊小説」72年2月18日号
娘はどこに　「小説宝石」70年12月号

この短篇集には、ベースとなった単行本がある。七五年八月に講談社から刊行された『遠藤周作ミステリー小説集』が、それだ。『遠藤周作怪奇小説集』と対になる形の作品集であり、タイトルの通り、ミステリ寄りの作品が多く収録されている。

同書に収録された十篇のうち、七篇までが本書と共通している。単行本に入っていた「気の弱い男」「姉の秘密」「尺八の音」の三篇を割愛し、代わりに「幻の女」と「偽作」の二篇を加えたのが『第二怪奇小説集』であった。

このことから、こと短篇作品に限っては、遠藤周作は怪奇小説（ホラー）と推理小説（ミステリ）の区別に、あまり興味がなかったことが分かる。具体的な作品名を挙げることは控えるが、ストーリーは犯罪小説でも背筋の凍るような落ちが付くもの、逆に幽霊の出てくる怪異譚《たん》と思わせてユーモラスな真相が明かされるもの、フランス留学時代の体験に材を採ったものから実話風の怪談まで、そのジャンル横断ぶりは徹底している。

というか、遠藤周作の中では、「奇妙な話」「怖い話」「面白い話」は同じところにカテゴライズされていて、作品に応じて味付けを変えているだけとも言える。本書も、これまでの刊行履歴を尊重して「怪奇小説集」と銘打たれてはいるが、必ずしも狭義のホラー作品ばかりではない、ということを念頭に置いて読んだ方がいいだろう。

一流のストーリーテラーが繰り出してくる千変万化の綺譚《きたん》集を、どうかじっくりと楽しんでいただきたいと思う。

本書は一九七七年九月、講談社文庫より『第二怪奇小説集』として刊行されたものを、著作権継承者の了解を得て改題しました。

本書には、不具、いざり、びっこ、淫売《ピュタン》、北鮮、パンパン、混血児、狂人、癩病人といった、今日の人権擁護の見地に照らして、使うべきではない語句、ならびに不適切と思われる表現がありますが、執筆当時の時代背景や社会世相、また、著者が故人であることを考慮の上、原文のままとしました。また、本文中で「癩病」と書かれているハンセン病は、長きにわたり無理解と差別にさらされ、現在もなお、偏見に苦しむ方々がいます。差別や人権について考えるきっかけになればと考えます。

（編集部）

怪奇小説集《かいきしょうせつしゅう》

共犯者《きょうはんしゃ》

遠藤周作《えんどうしゅうさく》

令和3年 8月25日　初版発行
令和6年 11月25日　6版発行

発行者●山下直久

発行●株式会社KADOKAWA
〒102-8177　東京都千代田区富士見2-13-3
電話　0570-002-301（ナビダイヤル）

角川文庫 22781

印刷所●株式会社KADOKAWA
製本所●株式会社KADOKAWA

表紙画●和田三造

ISBN 978-4-04-111638-8　C0193

角川文庫発刊に際して

角川源義

第二次世界大戦の敗北は、軍事力の敗北であった以上に、私たちの若い文化力の敗退であった。私たちの文化が戦争に対して如何に無力であり、単なるあだ花に過ぎなかったかを、私たちは身を以て体験し痛感した。西洋近代文化の摂取にとって、明治以後八十年の歳月は決して短かすぎたとは言えない。にもかかわらず、近代文化の伝統を確立し、自由な批判と柔軟な良識に富む文化層として自らを形成することに私たちは失敗して来た。そしてこれは、各層への文化の普及滲透を任務とする出版人の責任でもあった。

一九四五年以来、私たちは再び振出しに戻り、第一歩から踏み出すことを余儀なくされた。これは大きな不幸ではあるが、反面、これまでの混沌・未熟・歪曲の中にあった我が国の文化に秩序と確たる基礎を齎らすためには絶好の機会でもある。角川書店は、このような祖国の文化的危機にあたり、微力をも顧みず再建の礎石たるべき抱負と決意とをもって出発したが、ここに創立以来の念願を果すべく角川文庫を発刊する。これまで刊行されたあらゆる全集叢書文庫類の長所と短所とを検討し、古今東西の不朽の典籍を、良心的編集のもとに、廉価に、そして書架にふさわしい美本として、多くのひとびとに提供しようとする。しかし私たちは徒らに百科全書的な知識のジレッタントを作ることを目的とせず、あくまで祖国の文化に秩序と再建への道を示し、この文庫を角川書店の栄ある事業として、今後永久に継続発展せしめ、学芸と教養との殿堂として大成せんことを期したい。多くの読書子の愛情ある忠言と支持とによって、この希望と抱負とを完遂せしめられんことを願う。

一九四九年五月三日